公元787年，唐封疆大吏马总集诸子精华，编著成《意林》一书6卷，流传至今

意林：始于公元787年，距今1200余年

小小姐 Mini Miss 出品

纯正+阳光+向上

为中国女生量身打造优质课外读物

我们是小淑女

优雅，聪慧，阳光，快乐，甜蜜，
勤奋，包容，恬静，浪漫，唯美，璀璨。
善解人意，才华横溢，从容淡定，
独立有主见，时常感恩，心怀美好。
爱学习，爱阅读，爱幻想，睿智有深度，独具品位。

意林励志 · Mini Miss 荣誉出品
小 MM 品牌书系 · 淑女文学馆 · 公主天下系列 008
荡气回肠的古风浪漫小说，独属于公主们的传奇故事

程 铭◎著

吉林摄影出版社
·长春·

MiniMiss 出品

图书在版编目（CIP）数据

海盐公主·鸾凤引. 贰 / 程铭著. -- 长春：吉林摄影出版社，2018.8
（淑女文学馆. 公主天下系列；008）
ISBN 978-7-5498-3709-0
Ⅰ. ①海… Ⅱ. ①程… Ⅲ. ①长篇小说－中国－当代Ⅳ. ①I247.5
中国版本图书馆CIP数据核字(2018)第180112号

海盐公主·鸾凤引（贰）

Haiyan Gongzhu ·Luanfengyin（er）

著　　者　程　铭
出 版 人　孙洪军
总 策 划　阿　朱
责任编辑　施　岚　胡晓路
特约编辑　张雅琴
图书统筹　莫小西
绘　　图　蟲　虫　Easiyu.羽
书籍装帧　胡静梅
美术编辑　王周益
作家经纪部　卢晓凤
开　　本　700mm×1000mm　1/16
字　　数　210千字
印　　张　12
版　　次　2018年8月第1版
印　　次　2018年8月第1次印刷

出　　版　吉林摄影出版社
发　　行　吉林摄影出版社
地　　址　长春市泰来街1825号
邮编：130062
电　　话　总编办：0431-86012616
发行科：0431-86012602
网　　址　www.jlsycbs.net
经　　销　全国各地新华书店
印　　刷　河北鹏润印刷有限公司

书　　号　ISBN 978-7-5498-3709-0　　**定价**：24.90元

为中国女生量身打造优质课外读物

文◎《意林·小小姐》书系总策划　阿朱

2010年1月，意林集团专门为女孩量身定做的读物《意林·小小姐》诞生了。创办之初，《意林·小小姐》旗帜鲜明地打出口号——“女孩都是小淑女，小MM陪你优雅过花季”，“淑女”取意为“内心美好、品质优秀的女孩”，明确为中国8~18岁的优质女孩服务，以“帮助女孩在快乐阅读中提高文学修养和综合素质”为宗旨，坚持“纯正、阳光、向上”的风格导向，内容着眼于“青春、梦想、成长、励志”，以期打造全新的、真正适合女孩阅读的健康课外读物。

凭借这样的精准定位和独特理念，《意林·小小姐》上市后，很快赢得女孩们的喜爱，在校园中引起巨大反响，女孩们表示：“终于有女生的专门读物了！超级好看！”家长和老师也纷纷给出“孩子看后成长了很多”“孩子的作文水平明显提高了”之类的积极反馈。2011年6月，在读者的强烈要求下，《意林·小小姐》在坚持宗旨、质量不变的前提下，出版频率加快，由原来的每月一期增加为每月两期；同年10月，《意林·小小姐》月发行量突破50万册，潜在读者超过80万人，其作为优质女孩喜爱的健康课外读物的地位逐渐形成，而迅猛增长的销售业绩也引来业界极大关注，开始得到一些同行的跟风模仿，市面上类似风格的女孩读物相继出现（当然，最后能经得住市场检验的很少）。

2010年7月，《意林·小小姐》开始涉足图书出版领域，编辑部陆续推出《蔷薇少女馆（全套）》《迷藏（Ⅰ~Ⅳ）》《悠莉宠物店（全套）》《七寻记（Ⅰ~Ⅴ）》《钢琴小淑女（第一季~第六季）》《星愿大陆（①~⑨）》《现在是女生时代（①~⑤）》及“浪漫星语”十二星座小说系列等数十种图书，这些书在全国中小学校园中广为流传，无数小读者为之痴迷、陶醉，“《意林·小小姐》出品的图书本本畅销”这一观点也成为众多书店、经销商的共识。“《意林·小小姐》现象”逐渐成为一种社会现象，为各方所津津乐道。

2012年，创办满两周年的《意林·小小姐》步入加速发展轨道，编辑部创造性地提出“女生文学”概念，并将之上升到与儿童文学、青春文学并列的重要文学形态，《意林·小小姐》专注于为成长中的女孩服务的想法也更加清晰，编辑部计划在未来几年内，以每年出版几十种新书的速度，采用短篇文集、长篇小说、原创漫画、故事绘本等多种类型齐头并进的形式，为女孩们提供一批有规模、有质量、有品位的精品读物，打造中国女生喜爱的文学品牌。

在2012年7月之后出版（或修订）的所有《意林·小小姐》“淑女文学馆”系列新书中，我们都会特别放置这篇名为《为中国女生量身打造优质课外读物》的文章，来阐述我们对于建设中国女生文学以及推动女生健康阅读的崭新理念与思考。

★女生一定要选择适合自己的女生文学读物

首先，什么是女生文学？

《意林·小小姐》所定义的女生文学是指专门为女孩（特指8~18岁女孩）创作并适合女孩阅读的、符合女孩心理特点和审美要求、有利于女孩身心健康发展的各种文学作品。。简单来说，就是所有适合女孩阅读的健康课外读物。

目前，国内未成年人的文学阅读笼统地分为儿童文学、青春文学等大类，市场上很难找到专门针对女孩创作的有规模、系统化的读物。事实上，女孩和男孩的大脑结构不同，思维方式、理解能力、审美要求不同，在阅读上也要区分性别，选择不同的读物。

《意林·小小姐》系列读物立足于女孩性别特点，专门为女孩量身打造，是专属于女孩们自己的读物，合乎年纪，合乎趣味，外观时尚、唯美、优雅，内容纯正、阳光、向上，是真正适合女孩阅读的健康课外读物，带给女孩全新的阅读体验。

★女生通过阅读女生文学读物提升写作能力，获取成长养分

8~18岁正是快速吸收养分、奠定阅读基础的黄金年龄，对于女孩一生的成长至关重要。《意林·小小姐》提倡女生文学要打破市场常规，“从低幼儿童文学及少女言情中解放出来”，以深浅适度、风格纯正、健康向上、可读性与文学性兼具的内容，帮助女孩在快乐阅读中提高阅读理解能力、作文写作能力，汲取成长经验、成长智慧，全面提升素质。

在故事类型上，《意林·小小姐》系列读物既有贴近女孩生活和心灵的校园故事、成长故事、亲情友情故事等，又有极富想象力的冒险故事、幻想故事等，每篇文章的选取都将标准锁定为“题材新颖、内容阳光、主题积极向上、文风优雅纯正”，并坚持拒绝浅薄幼稚、庸俗无聊、花哨言情等无内涵的文章。女孩们在健康文学的长期熏陶下，语感增强了，素材丰富了，思维开阔了，自然能做到心中有故事、下笔有话说，不再为作文犯愁；同时，这些文章里蕴含的温暖励志内核，诸如阳光、善良、真诚、包容、坚强、勇敢、善解人意、独立有主见等精神，都能激发女孩正面心态的能量，帮助她们成长为内心强大的女孩，为将来的人生打底。

★女生文学读物要品质化、品牌化、系统化

《意林·小小姐》创办的时间不长，但读者的忠诚度、信赖度和美誉度在国内首屈一指，已经形成明显的品牌优势，它集“好看”“清新”“唯美”“阳光”“优雅”“品位”等各种美好感觉于一身，始终以女孩的阅读感受为根本，全心全意为女孩服务，专心致志打造一流读物、精品读物。

读者的认可和喜爱，得益于《意林·小小姐》对文稿质量近乎苛刻的严格把关。为《意林·小小姐》供稿的作者，既有实力派中青年儿童文学作家，又有青春新锐派文学作者，编辑部每月收到近千封来稿，经过反复筛选、修改，优中选优，最终确定30篇左右刊出；对于长篇图书出版，编辑部始终坚持“用心、专业、永续经营”的理念，不追求过度商业化、批量化生产，每一本书稿都精雕细琢、反复打磨，已出版的每一本图书几乎都成为业内畅销书经典，而《意林·小小姐》所倡导的女生文学概念及标准也成为业内标杆，引来众多同行追随。

除此之外，编辑部与一大批有潜力的青年作者建立了长期的独家合作关系，这些作者通过《意林·小小姐》、网络、电话、读者见面会等各种渠道，常年坚持在第一线与读者互动，倾听读者心声，保持创作活力源源不断。目前《意林·小小姐》独家签约作者的队伍仍在不断壮大，我们希望用几年甚至十几年的时间，形成有较大社会影响力的专业化女生文学创作基地。

为避免女孩因为阅读口味单一而造成阅读面、知识面过于狭窄，《意林·小小姐》除了做好文学类图书外，也努力开发适合女孩阅读的其他类别读物，比如励志、科普、时尚、生活类选题，同时力求经营品种以及传播途径上的多样化，依托原创精品内容，开发数字化传播、动漫、影视、游戏、周边产品、女生网络社区等，做好精品故事的深度经营，构筑全产业链发展模式。在销售渠道上，除传统的零售、邮局、校网等，我们逐渐在各地设立女生文学专柜和品牌专卖店，力争让读者随手可取，购买方便。

★为女孩营造愉快的阅读体验

《意林·小小姐》系列读物无论在内容还是包装上都具有较高的辨识度，为了方便读者寻找，我们对2012年7月之后出版（或修订）的新书做了统一规划：

○认准独家标志

《意林·小小姐》出品的所有图书，在腰封和封底上都有“意林”“Mini Miss出品·女生文学”的独家标志（图1）；在书脊上，除了“意林”以及“Mini Miss”字体logo外，每本书还特别放置了“封面女孩”形象（图2），便于读者辨认和收藏；在前、后勒口上，每本书都有“纯正、阳光、向上，为中国女生量身打造优质课外读物”（图3）。

图1

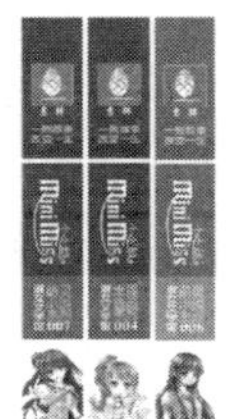
图2

图3

○**识别编号**

《意林·小小姐》出品的所有图书都将逐渐归于“淑女文学馆”“淑女漫绘馆”“淑女励志馆”“淑女风尚馆”“淑女生活馆”等特色馆（新馆不断添加中），每本书都有属于自己的编号，比如：

代表这本书所属类别是淑女文学类，编号为冒险励志系列004，即此系列的第四本书，在这本书之前，自然已经出版了001、002、003，后面也会有005、006、007……陆续上市；图书封底的总编号则代表了这本书在《意林·小小姐》所有出品图书中的总排序。

○**女孩特色包装**

每本图书都会配备一张淡雅的紫色或粉色前衬页，上面印有“意林”及“Mini Miss”字体logo；在小说类单色印刷的图书中，会加有4页铜版纸彩色插图页，第一页的“淑女宣言”（图4）代表了《意林·小小姐》所提倡的优质女孩精神，第四页则标明了本书所属的系列及编号（图5）。

图4

图5

我们目前所使用的字体、字号以及行距，是在经过大量调查研究和多次测试后确定的，适合成长中的女孩阅读，每一页的内容既充实，又不至于给读者造成阅读疲劳。

所有的一切都是为了给成长中的女孩提供价值导向健康、养分丰富、品质优良的课外读物，营造愉快的阅读体验，我们希望以传媒人“有爱有担当”的社会责任感和“一生只做一件事”的专注精神，不遗余力地建设女生文学，推动女生阅读向前发展，全力打造中国女生喜爱的文学品牌！

目录 contents

楔 子

彼时我与霁王，因为一场“意外”滚落山崖，与秋猎的大部队失散，不得不在山中艰难前行了几日。我以为此处距离城镇不远，只要挨过这几日，到了市集热闹处，买些干粮，再雇辆马车，不出两日，我俩就能全须全尾地重回建康城中。

可惜事与愿违。

流落山间这些时日，渴了有山泉，饿了有野果，倒是为难不了我。

只是白日里忙于赶路不觉得，到了夜里，山中虎兽之声不绝于耳，我与霁王势单力薄，必定寻不到安稳的落脚处歇上一个整晚。

他身上有伤，却偏爱逞强，说好了与我轮番守夜，一个守上半夜，一个守下半夜，但回回他这“上半夜”一守就守到第二日天明，中途从不肯轻易叫醒我。

我又是个心无牵挂，一觉能睡到大天亮的性子，每每晨起睁开眼时，脚边的柴堆烧了一夜，早已零落成余烬，霁王便倚在不远处的树下，身前身后躺了一地前来挑衅的野兽的尸身，足可见前夜“战况”之惨烈。

我实在想不通，这样惨烈的情形下，我是如何酣然入梦的，所以那几日，我时常怀疑霁王莫不是随身带了蒙汗药，专门整治我的。但其实，是他对敌之时出招太快，等不到野兽发威，就悄无声息地将它们处置利落了。

这样一来，我每日睁开眼，就有各式各样的野味烤熟了供我填肚子，油水倒是比在宫中时还要足。

但话说回来，我至今做过的最后悔的事，就是忘了问清楚霁王这趟出门究竟带了多少盘缠，就私自做主，将他袖中最后那块银锭送了人。

此处山中住了许多饱受战乱之苦的人家，我与霁王后来借宿的赵大哥家，便是其中之一。

战乱之年，靠着一把力气勉强糊口已是不易，偏还有那仗势欺人的地方官，侵吞了赵大哥好不容易开垦的地，还强加给他一项罪名，打折了他一条腿。

而今他上有需要供养的老母，下有嗷嗷待哺的小儿，我向来看不得无辜百姓受苦，脑门一热，就把霁王身上仅剩的银钱送给了赵大哥一家，盼着物尽其用，能解他一家燃眉之急。

所以，当我知晓霁王除了那块银锭，再也没带别的盘缠时，实在不好意思回头去赵大哥家把那银锭讨要回来，只得“死要面子活受罪”，梗着脖子跟霁王说：“不就是身无分文吗？你也说了，咱俩有手有脚，大不了把盘缠挣回来就是。”

但这事说起来容易，做起来却难。

摆在我面前的头一道难关就是，从一早到现在都没吃上饭，饿得前胸贴后背不说，浑身上下全无半点儿力气，眼看着连这个山头都要迈不过去。

我仰天长叹：“真是英雄气短！”

在我叹气的时候，霁王已经掏出腰间的匕首，利落地削尖了一截枯树枝，然后把削好的尖头树枝握在手里，掂了掂力道，随即隔空一掷，不远处有东西“扑通”一声栽下树，我定睛一望，他竟然徒手射下一只秃毛斑鸠来。

我又惊又喜：“好身手！”

他牵起半边唇角一笑：“我记得你从前打牙祭的本事是一绝，怎么如今倒惜起力来了？”

其实他说得不错，从前在青吾山时，我师弟陆九迁功力不济，回回都是嘴上喊得响亮，关键时刻，撸起袖子真刀实枪卖力气的铁定是我。

此处要是没有霁王，我自然也是带头出去打吃食，可既然此处有他，我便能放心地做个甩手掌柜。

他自然不与我计较，颇娴熟地生火拔毛。

我倚在一旁的树荫下优哉游哉地扇着一片梧桐叶，头顶的梧桐花“吧嗒吧嗒”砸落满身。

他抽空抬头瞧我一眼，唇角竟然弯出一个弧度来。

我有些奇怪地问道："你笑什么？"

他手上拔毛的动作不停，垂着眼道："本王从未想过此生会有一刻，在这样的情境中，做这样的事。"

这话说得太玄乎，我一时没有听懂，一脸茫然地望向他。

他继而又道："也没什么，就是方才见你比先前圆润了不少，想不到在这山野之中，本王不借外力，也能将你养得白白胖胖的，让人瞧着甚是可爱讨喜。"

他说这话我就不服气了，我从树荫底下一跃而起："我能在这山野之中长成如今这样，全凭我自己的本事，就好比说，风餐露宿这样的事，我从前就习惯了，而且我心宽，才吃得香睡得好。若是换成旁人，比如我师弟那样的，本事不济又挑食，就算你日日拿宫里的御膳喂他，也照样长不了二两肉！"

他静静地望着我，唇角的弧度却越来越深："能听你如此认真地与我争论这'二两肉'之事，实在是有趣得很。"

大抵他从前往来结交的全是贵人，与他谈诗论酒、褒贬时政的多，像我这样接地气的少。

可瞧他的样子，分明更喜欢接地气多一些。

脚边柴火堆烧得极旺，风助火势，不时发出"噼啪"的声响。

他将斑鸠处置好，拿长竿穿了架在火上，不多时就肉香扑鼻。我就顾不得再咂摸他的话尾了，一心扑在那只斑鸠上。

待肉烤好，我正要上手撕一只斑鸠腿时，斜刺里突然冲出一个满身脏污的小乞儿。

这荒山野岭的，也不知他饿了多久，见着这烤得焦黄的斑鸠肉，甚至顾不得架子底下灼人的火舌，探手过来就要夺我的食。

我见势不好，想都没想，抄起那根穿着斑鸠的长竿，利落地转身避开小乞儿的一扑。

谁知他扑得太急，收不住势，一头就要往柴火堆里扎。

他这样羸弱细嫩的小身板，要是真扎到火堆里，少说也要烧掉一层皮。

我于是一手护着我的烤斑鸠，一手上前扯了他一把。

可他瞧着瘦瘦小小，实则足斤足两有大半个我那么沉，我这一扯差点儿扭了自己的腰，关键时刻还是霁王伸手扶了我一把，顺道把小乞儿拉离了火堆。

小乞儿倒坐在离柴火堆半步处，我护着烤斑鸠站在霁王身后。小乞儿的一双眼直勾勾地盯着我手上的吃食，不时咽一咽口水，不过一时半会儿不敢再贸然上前。

我四下望了望，跟霁王说："这么小的孩子独自在外，竟然连个同伴都没有，想必他这么大胆来夺食，是饿极了。不然这只斑鸠姑且分给他些？劳驾你再烤只旁的野味来充饥。"

听我如此说，小乞儿两眼都放了光。

我把斑鸠腿撕下来递给他，他连骨头都没吐就吞下肚。

霁王笑说："这孩子身上有你三分影子，尤其是吃相，更有八九分肖似。"

可我怎么记得，我从前回回见着霁王时，坐卧行止都是极克制的，没想到最后在他心目中还是这般形象，这下我郁结得肚子都不饿了，干脆把整只斑鸠都递给小乞儿吃。小乞儿吃得欢实，一刻钟过后，他抹抹嘴上的油，二话不说，跪下就要给我磕头。

我惊得跳起来扶住他："不必行此大礼。"

没想到小乞儿也是个执着的人，嘴上呜咽道："姐姐对我有大恩，必须受我一拜。"

我见拗不过他，便将这烫手山芋"丢"给了霁王，我说："你要谢也不必谢我，你瞧见前面那个逮兔子的哥哥了吗？这斑鸠是他烤的，其实我跟你一样，也是靠他救济才有口饭吃的。"

小乞儿顺着我的手指去瞧，正瞧见霁王在这片刻之间又徒手逮了一只肥美的野兔。

我觉得小乞儿瞧他的眼神都变了，满眼孺慕之情恰如滔滔江水，方才跪我

时还只是道谢，轮到跪霁王时，已经是一副誓死也要拜他为师的架势。

此时霁王一手提着兔子双耳，原本拖长的衣袍下摆为了行走方便被他系在腰上，一双长靴沾了泥，裤脚也被连日的荒草荆棘割破了，就是这样一副落拓形容，换作别人兴许没法入目，可因为是他，却让人瞧了只觉得这山野疏阔，连他头顶的梧桐花都开得热烈。

远处是层峦叠翠，近处是深深浅浅的紫，而他站在正好的地方，眉目皎皎，唇上带笑。小乞儿看得眼都直了："哥哥逮兔子的本事，我只要学到一成，就再也不怕饿肚子了。"

霁王只望着我，戏谑道："团儿何必自谦？"

我咳了一声："哥，你莫非忘了？我如今是'花一枝'。"

他恍然，对小乞儿说："你想拜师父，不要舍近求远，我这位'一枝'妹妹不仅抓野味的本事一流，烤野味的本事也是一流，你真要学，自然得学得全面些。"

小乞儿看看他，再看看我，末了还是把头扭到他那一边："哥哥骗人，这位姐姐瞧着瘦瘦小小，方才我险些跌进柴火堆时，她拉我更是使不上力气，还是哥哥你厉害，一手扯住我和姐姐两个人，都毫不费力。"

我嘴角抽了抽，这简直是奇耻大辱，他根本不知道，我方才没有力气那是饿的！

霁王瞧出我面上表情的变化，朝小乞儿摆摆手说："一枝平日低调惯了，你若不信，且看看她的本事。"说罢将手里的野兔一抛。

兔子刚一落地就撒开四蹄疯跑，我本来不是爱出风头的人，可此时饿极了，便顾不上许多，顷刻间足尖点地跃出数丈。兔子一个灵活的闪躲钻进草丛深处，我便也一个躬身飞掠过一蓬矮树，探手直取兔子命门。

兔子不甘示弱，四蹄同时踏地，慌忙掉转方向，我紧追不舍，踏起飞溅的沙石，一个急转，硬生生揪住了兔子耳朵。兔子犹在挣扎，我拍拍身上的灰土站起身，拎着兔耳朝旁观的那两个人微笑致意。

原以为这下小乞儿应当佩服得五体投地，谁知他摇摇头点评道："姐姐捉

兔子全是凭着一股蛮力，哥哥捉兔子只朝它丢颗石子，它就乖乖趴着不动了，我还是拜哥哥你做师父吧。”

我差点儿一口老血喷出来。我说：“你年纪这么小，便想着不下苦功、投机取巧，须知‘功夫’二字，全在勤学苦练上，你只瞧见他丢颗石子便制住一只活兔子，却不知他从前为了学会丢这颗石子，吃过多少苦，流过多少汗，受过多少伤。”

霁王听到此处，“嗯”了一声，压低声音道：“你如此说，是在心疼我吗？”

我不理他，继续循循善诱地跟小乞儿说：“你这样的年纪，正是乱花迷眼，分不清孰好孰坏的时候，像这样看似举重若轻的花架子尤其不能学，趁你如今根骨还没长结实，从入门的基本功开始练起还不晚。你若有心向学，又肯吃苦，我保你三年后也能轻而易举捉十只八只兔子。”

小乞儿原本听得极认真，虽然一张小脸上沾了好些污泥，但一双眼睛忽闪忽闪，亮晶晶、湿漉漉的，可当我说到“三年后”，他原本闪着光的眼睛忽然黯淡下来，嘴里喃喃地说：“学会捉兔子要这么久啊，我怕……我等不到三年后了……”

我以为他是怕没等到学会本事就饿得一命呜呼了，于是宽慰他说：“你放心，你只要跟着我一日，便不会饿肚子，只要我有肉吃，就绝不让你喝汤。”

他踌躇了好一会儿：“姐姐，我知道你是好人……”

一般这句话后面都跟着一个“但是”，我撇撇嘴，接着他的话道：“但你还是执意要拜我哥为师？”

他顿住，急忙解释说：“我不是……”

我摸摸他的头笑说：“那便好，从今日起，我就是你的师父了！”

其实一开始，我并没有打算替我师父他老人家收这个小徒孙，但诚如霁王所说，越看越觉得这孩子有八九分像我，虽然眼下他还是一块滚落在泥巴里的璞玉，但他眼里有情义，身上有韧劲儿，只要稍加雕琢，必成大器。

兔子肉烤熟了，外焦里嫩，香飘十里，我们仨就着杳杳山风、汩汩清泉饱餐一顿。

饭毕，我问这孩子叫什么名字，他支吾道：“父母去得早，没来得及给我起名。”

我说：“没有名字怎么行？要么你自己起一个，要么我帮你起一个。”

他满怀期待地看着我：“还是师父你来起吧。”

我这人向来腹中少点儿墨水，临到关头想要附庸风雅也难，正巧头顶的梧桐花砸落在我的脑门上，我一拍脑门，给他起了个应景的名儿，叫作梧桐。

连着我的姓，合起来叫作花梧桐。

彼时收梧桐为徒，我以为他只是寻常人家的孤儿，却没想到这孩子大有来头，流落在这山野间，也不是偶然。

他倒是个心善的孩子，想跟我说“姐姐是个好人，我不能拖累你”，可惜我只听了前半句，就仓促做了这个差点儿悔断肠的决定。

但，横竖这徒弟是收了，为人师表，就应该有所担当，所以梧桐的事，我也只能管定了……

第一章 龙游浅水

连着几日在山里吃烤野味，缺糖少盐，嘴里便没什么味道，好不容易熬到进了热闹些的城镇，市集上贩货的、卖胭脂珠花的，形形色色的人往来喧闹，可俗话说“一文钱难倒英雄汉”，此刻我只能站在包子铺前与霁王相顾无言。

我便罢了，梧桐正在长身体，在吃食上不能太过将就，于是我摩拳擦掌地跟霁王说：“要么，咱俩扯块布幅卖艺挣钱吧。”

我本来盘算得很好，此处人多，空旷处也好找，正是一个绝佳的卖艺之处。可没想到如今卖艺的竞争压力也如此大，隔壁生吞长剑的兄台，吞完剑还硬是拗出一套拳法，拳法打完才肯把剑吐出来。

再看不远处生钻火圈的兄台，面前九个连环圈，烧着货真价实的熊熊大火不说，圈还窄得吓人，钻圈之前势必要先表演一番缩骨功才行。

我瞧得叹为观止，深深觉得寻常舞刀弄剑根本拿不出手。

梧桐此时还是执意不肯洗脸，下山前更是抓了把柴灰，把脸抹得漆黑，五官面目更加难以辨别。他见我踌躇，不知从哪里掏出一个有豁口的碗，又从地上捡了根枯树枝说：“师父你别担心，徒儿虽然没什么卖艺的本事，但是在这人来人往的市集上，想办法糊口也不难。师父你只管在一旁坐着歇息，徒儿保证晌午之前，定让你吃上热乎乎的包子。”

他说完这话，拄着枯树枝的半边腿突然就“瘸”了，只见他逆着人流“艰难”地一瘸一拐地行走，手里掂着小碗，脑袋半垂着，只瞧背影就有一股惹人悲怜的劲儿。

我转头跟霁王说：“真不愧是我徒儿，拿起架势来简直惟妙惟肖。”

话音落下就有人掏出铜板丢进了梧桐的小碗里，铜板“叮当”脆响，霁王摇摇头道：“聪明是不错，可惜用法不得当，他若肯把这股聪明劲儿用在正途上，倒是根好苗子。”

霁王这人，轻易不肯开口指点，他既然这样说，我作为梧桐的师父便该晓得上心些。

我于是逆着人流，大步追上梧桐，拍拍他的肩道："梧桐，为师知晓你如此做，是为了让为师吃上一顿热乎包子，你本心不坏，但说到底旁人肯将自己辛苦赚来的铜板掏出来送你，也是因着一份难能可贵的善意，我们有手有脚何愁赚不来钱呢？切莫因小失大，糟蹋了旁人的一片好心。"

梧桐眨着湿润的大眼睛看着我，好似听懂了，又好似没有听懂。

我继续说："你年纪小，很多事上分不清对错也不打紧，为师既然收你做了徒儿，理应有责任引你向善。就好比今日，咱们便不赚这坑蒙拐骗的钱，为师教你去赚光明正大的钱。"

我说得如此正义凛然，梧桐也被我感染，拿出碗里的三枚小铜板就要去追方才的好心人还钱。

幸而我眼疾手快扯住了他，我咳了一声说："向善也不急于这一时嘛，人家既然把钱给了你，咱们就得承了这份情，至于这三枚铜板，他日等你有了出息衣锦还乡，再还也不迟。"

梧桐此时年仅十岁，还不晓得他究竟拜了个什么品行的师父。

我将三枚铜板揣在自己怀里，带着他跟霁王会合，胸有成竹地说："我方才想到如何赚钱了，你们且等着瞧。"

既然我拼体力拼不过隔壁卖艺的兄台们，那摆在我面前的只剩下拼脑力这一条路。

思前想后，我寻了个木头墩子戳在显眼处，又在一旁摆了二十块碗口大的石头。

石头们一字排开，十分有架势，不用等我开口，已经围拢了一小撮人。

我清了清嗓子，跟围观的众人说："各位乡亲父老，在下花一枝，今日途经此地，盘缠用尽，无奈之下便与舍弟摆下此擂台。此处有二十块石头，我手中有一枚铜板，咱们便用一枚铜板做赌注。规则也简单，单手抓石，谁抓得多便算谁赢，赢者得我手中这枚铜板，输者倒赔我一个铜板便罢。虽然赌注不大，但乡亲们权当图个乐子，我来做见证，石头便由舍弟来抓，规矩既定，童

叟无欺，乡亲们如有愿意一试的，尽管上前来。”

此时众人议论纷纷，有驻足观望者，也有跃跃欲试者，却无一人敢上前来。

我踮着一只脚，姿态极随意地拿脚尖拍着地。拍到第十下时，霁王扮成素不相识的过路人，一手拂开众人，朝我走来。

接下来的路数是先前就编排好的，我大声跟霁王道：“这位兄台可是要一试？”

霁王从袖中也掏出一枚铜板：“左右无事，试试便试试。”

其实我有那么一瞬恍神，哪怕是在这吵嚷市井之间，在这一块破木墩子之前，霁王伸手从袖中掏铜板的姿态也是极潇洒好看的，就好像他掏的不是一枚铜板，而是他的“诏”字腰牌，就好像此时又重回那日，朗月垂花角门下，他说：“初次见你时，这块腰牌便在，时隔多年，许是这腰牌认主，便赠你吧。”

我晃了晃脑袋，笑着把我手里的铜板与他的那枚并排放在一处。

梧桐在我身后很有天赋地大喝几声装作运功的模样，然后一撸袖子，从地上拾起了一块石头。

对，仅有一块石头。

围观的众人哄然大笑，霁王在这笑声中从容不迫地探手，拾了地上的两块石头放在木头墩子上，输赢立见。

我装作颇懊恼的模样，怒而瞪着梧桐道：“从前在家里学本事的时候，就知道偷懒，如今本事到用时方恨少。”然后转身对霁王道：“这位兄台，我们愿赌服输，铜板你便拿去吧。”

霁王拾起两枚铜板功成身退，我身上唯有三枚铜板，被他拾去了两枚，如今便只剩下一枚。

我懊悔道：“承蒙各位乡亲捧场，虽然舍弟本事不济，但这赌的规矩既然定了，就不能废，咱们还是按照刚才的规矩，谁抓的石头多，就算谁赢，赢了就能得一枚铜板，还有哪位愿意上前？”

这下子跃跃欲试的人多起来，有个手掌生得格外大的兄台，咬牙拾起三块石头，转眼就赢走了我身上最后一枚铜板。

我于是对剩下的人说："舍弟从前在家顽皮，没顾着好好练本事，接下来便由我来抓石如何？"说罢还故意摊开手掌给众人展示了一番。

我这手掌比寻常人小许多，虽然梧桐仅有十岁，我这手掌却生得还不如梧桐的大。

众人瞧着我的手掌，自然没有异议。

我又说道："既是盘缠用尽，最后的两枚铜板也在方才输掉了，我便拿出我祖传的宝贝来做下一局的赌注吧。"

二 

说到“祖传”的宝贝，我身上还真带了不少。

实则是我这人一贯惜命，关键处可以用来保命的东西向来不离身，就好比如今腰上别的是十丈软红剑，怀里揣的是霁王的那块“诏”字腰牌和我师弟的陆家行云令。

但今次秋猎返程时，我还随身带了一样东西，便是皇上从前赏的那块与我颇有渊源的玉簪花玉璧。

这几样东西在我心里转了个圈，孰轻孰重就一目了然。

我将皇上赏的玉璧从腰上解下来，举着它对众人道：“我手中这块玉璧，玉质通透，雕工精美，各位都是识货的人，自然看得出这玉璧价值不菲。今日我就将这玉璧作为赌注，请各位乡亲父老做个见证，谁若能赢我，我便将玉璧拱手相赠。”

此时人群中有人喊了一声：“此番也是赌一枚铜板吗？”

我笑道：“自然不是，这玉璧少说也值百八十两银子，我便做个十两银子的赌局，输了的人，倒赔给我十两银子便罢。”

其实这手段算不上光明正大，所图的正是对手的贪心。

但我心里有盘算，之所以定了“十两银子”为赌注，是因为十两不是个小数目，寻常人家断不会出钱来与我打这个赌，而身家清白的富庶人家，自然也知晓银钱得来不易，不会轻易做这等无本生意，所以真正贪图我手中玉璧，不怀好意想要谋而图之的，只能是身家不明不白之人，此等人的钱，不赚白不赚。

当然，这些“歪理”都是从前我师弟陆九迁说的。

果不其然，我方才那句话落下，围拢在最前排的人就退散了好些，人群后方有个粗嗓门喊了一声：“这位姑娘当真说话算话吗？输了是否真把玉璧赔给我家少爷？还是说输了不认账，撒泼耍赖哭鼻子呢？”

众人被他逗得大笑，我也跟着笑，顺带做出手无缚鸡之力的样子说：“胜负还不一定，怎能说我就一定会输呢？倘使我真的输了，玉璧就在这里，众位乡亲也一同做个见证，我若真如你所说撒泼耍赖，你大可上前来夺，我与舍弟年岁尚小，自然不是你的对手，我都不怕，你怕什么？”

那个人便拨开人群走上前，将他口中的少爷让到我面前。

这位少爷约莫二十岁，手里虽拿着一把出自名家的泼墨山水折扇，但身上穿的金绿锦纹袍，就与那古韵幽深的折扇极不相衬了。且这位少爷开口便道：“年纪不大，口气却不小，杜弘，你拿着十两银子去，叫她看看这石陵郡到底是谁的地盘。”

我回头向梧桐使了个眼色，想说这是条大鱼。

却见梧桐如同一只被人剪了翅膀的小鹌鹑，瑟缩在我身后，一副不知所措的模样。

名唤杜弘的那个跟班已经等不及，走到我面前拍下十两银子，轻蔑地瞪我一眼，就弯腰捡起石头来。

我的心思全然没在杜弘身上，而是察觉到梧桐的不对劲，又碍于人前无法开口询问。

正踌躇时，杜弘已经把四块石头拍在我面前的木头墩子上，他也不知是使了什么办法，许是手指比常人长些，将四块碗口大的石头严丝合缝地挤在掌中，竟真的一齐抓了起来。

此时人群已经开始起哄：“姑娘先前说的愿赌服输，就痛痛快快地把玉璧赔给咱们杜少爷吧。”

“对啊，以姑娘的手，抓两块石头都难，我看也不用再比了，愿赌服输就是。”

……

那位众人口中的“杜少爷”，此时十分得意地将折扇抖开，一边扇风一边说：“既是姑娘的祖传之物，本少爷本也不好夺人所爱，我瞧你模样生得不错，流落至此实在可怜，若是肯跟本少爷回去，这玉璧还是你的玉璧，本少爷

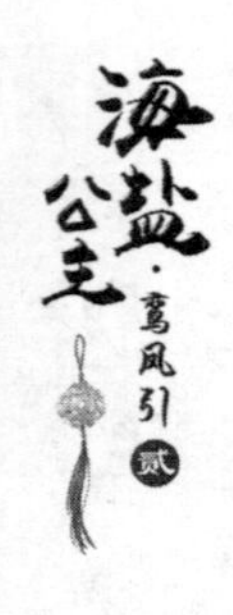

还可追加几箱聘礼，让你弟弟后半辈子衣食无忧。”

他说完这话，我都替他打了个寒战，幸而他自顾自说得兴起，并没有察觉到他背后霁王那如刀的眼风。

我咳了咳道：“如今秋日渐凉，杜少爷更应当多多关心自己的身体，若是扇子扇得多了，风邪入体，感了风寒就不好了。”

他将扇子“唰”地合上：“当真是不识抬举，杜弘，不必跟她客气！”

话音未落，杜弘就要来抢我手里的玉璧。

我高举着玉璧退了一步，借着巧劲让开了杜弘的一扑，然后借势跃上木墩子道：“且慢，咱们这规矩定的是谁抓的石头多便算谁赢，你这位跟班抓了四块石头，而我还没有抓，焉知我便抓得比他少呢？”

杜少爷一笑：“意料之中的事罢了。”

我一边暗自运功，一边道：“是否意料之中，且看我抓一回给大家伙儿瞧瞧。”说罢，我将五块石头围拢在一起，屈起手指，使出一招龙爪手，将功力运至指尖，五根手指分别插进五块石头，然后一个使力将石头倒提起来，拍在了木墩子上。

这一手绝活是我从前挖土坑，做叫花鸡时练就的。青吾山上一贯土少石多，挖坑很是费力，有时仓促间找不到称手的工具，只能徒手挖坑，久而久之，便得此法。

五块石头才一拍下，围观众人一片哗然，静默片刻，又不知是谁带头鼓起掌来。

我在一片喝彩声里转头看着杜弘：“怎么样，可输得心服口服？”

杜弘面上赧然，转头去瞧他家的少爷，杜少爷把扇骨捏得“啪嗒”响，万万没想到他先前疑我输了不认账，到头来耍赖的人却是他自己。

杜少爷一个眼神递给杜弘，后者会意，想要趁我不备夺回木墩子上那十两银子。

我岂能让他？回身一脚踢开他的手，比他更快地弯腰拾起银子：“众目睽睽之下，输了不认账，难道是想‘撒泼耍赖哭鼻子’不成？”

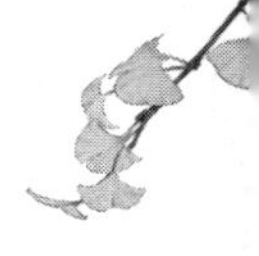

杜少爷面上也是一阵黑一阵红，小跟班杜弘还在狐假虎威，十分威风地跟我说："你也不打听打听，石陵杜家是何许人，你敢得罪我们家少爷，怕今日没命踏出石陵郡的门！"

三

我一笑，故意将十辆银子掂在手里抛了抛：“在下孤陋寡闻，当真不知杜家是何许人，但俗话说‘杀人偿命，欠债还钱’，都是天经地义的事，你杜家祖上难道没有告诉过你，‘愿赌服输’这四个字怎么写？”

杜少爷吃了瘪，见言语上争不过我，就想叫他的小跟班与我直接动手。

这回他出门带了四个跟班，倒都是酒囊饭袋之徒，不足为虑。

但我本意只想挣银子，不想与人起冲突。俗话都说，“强龙不压地头蛇”，所以见状，我拽起梧桐的手，喊了一声：“跑！”

梧桐脚下还算利索，当即随我飞奔起来。

我俩跑了一会儿，才恍然觉得身后并没有人追上来，我停下脚步回头一望，后知后觉地想，霁王去哪儿了？

刹那间，我意识到大事不妙，丢下梧桐转头往回奔。

果然，刚才的木墩子旁横七竖八躺着四个小跟班，趴在霁王脚边鼻青脸肿得连他娘亲都认不出来的，正是杜少爷。

我扶额。

霁王十分倨傲地抱臂站在杜少爷面前：“我倒是想听听，石陵杜家是何许人？”

飒飒秋风横扫落叶，许多黄叶似是被这语声震落，洋洋洒洒铺陈满地。

其实说起来，我自然是要责怪霁王太过招摇，容易惹人注目，于我二人接下来的行程怕是不利。此时强出头，根本不是明智之举。

但瞧见他将这些方才还口出狂言，惹我不快的宵小之辈横扫在地，这情形，实在太过痛快，我便说不出责怪他的话来，一心只觉得舒畅顺意，哪里还有半点儿责怪他的心思，分明偷笑还来不及。

他原本瞪着杜少爷时冷然的一双眼，转而望向我，其中的冷意就化了。等我一个恍神再看他时，那双眼又变成从前那种春风和煦的模样，只是这回似乎

还掺杂了些关切和心疼。

我本来丈二和尚摸不着头脑，等他掏出帕子将我右手上的石头渣擦干净，我才瞧见手指尖泛红，是方才运功抓石头时，不小心把指甲折断了，其中一两根手指还出了些血。

其实这等小伤，我从前也受惯了，根本没有放在心上，若以这点儿小伤换来十两银子，我认为还是十分值得的。

但霁王蹙眉瞧了瞧我的手指，也顾不上地上躺着的那五个人，径直扯起我的手便进了隔壁的医馆，命坐诊的大夫给我取最好的伤药敷在手上。

我自诩江湖经验丰富，一贯比霁王务实些，听完这番话我第一个反应是跟大夫说："等等，你这里的伤药是什么价钱？不必用最好的，普通些的就成。"

大夫一愣："五十文。"

我摇摇头："止血的草药不外乎那几种，说不准后山随便挖挖就有，何至于五十文？"

大夫捋着胡须沉吟片刻，将几味草药丢给我说："老夫瞧着伤倒是不重，你自己研成末，只收你十文。"

我满足地将草药揣在怀里，然后指指霁王，跟大夫说："你再来看看他的伤势，这回不计价钱，只管用最好的伤药就是。"

先前秋猎时，霁王为了护住我，以自己的后背挡箭，受了很重的箭伤，后来不过将养了七日，又赶上御驾回銮，与我滚落山崖，流落民间，这一耽搁，虽说他总宽慰我后背的伤早已好了，可当初那支羽箭是我亲手拔的，箭有多深，我怎会不知？

更何况前几日我俩在山中，他夜间睡得极不安稳，吃食也多荤，于伤势恢复无益，更没有好好遵医嘱换伤药，到如今，也不知他后背的伤势到底如何了。

大夫闻言瞧了瞧他，奇道："这位兄弟伤在哪儿了？"

霁王眸光一闪："无妨，仅是皮肉伤，不劳大夫诊治了。一枝，把草药给

我，我去研末给你敷上。”

我按住他的手，坚持道：“既然来了医馆，便让大夫瞧瞧。”

我这人没旁的，人生在世，十之有九随遇而安不愿强求，唯独这十中有一，倔脾气上来，非但要强求，且不撞南墙不回头。

霁王垂眸望了我一会儿：“我怎么觉得依你的意思，大夫瞧病时你也要在场？”

他伤在后背，又是箭伤，大夫瞧病时自是要“望闻问切”，将他的衣衫解开，露出伤口才行。

原本我没往深处想，便理所当然地答：“那是自然，我总要亲眼看了才放心。”

他挑眉：“你好歹应当记得自己是个未出阁的姑娘。”

这话便是不许我查看他伤处的意思。

可我是那么容易打发的吗？他越是不让我看，越说明他心里有鬼，先前宽慰我说伤早就好了的事，定是诓我的，如此一来，我更加担心，不看不行。

我故意拖长音喊了一声“哥”，我说：“哥，此时此刻，我是你的妹妹花一枝，兄妹之间何必见外？大夫，不瞒你说，我从前也略通些医术，有什么能帮得上忙的，尽管开口。”

四

大夫自然没有异议，反倒帮我劝了霁王一句："你妹妹说得有理，既然皮肉有损，需得每日换药，老夫替你查看伤处恢复的情形，再把换药时需注意的事说给你妹妹听，有她在反倒方便些。"

霁王悄悄瞪我一眼，一副拿我无可奈何的模样。

大夫将我二人引到内室，又取了创伤药和白布来。霁王万般无奈，只得老老实实背过身去解开衣衫，然后垂着头，长发散了满肩，好像是静静地等待伤处袒露在我眼前。

原本包裹伤处的那片白布，此时已经洇出浅浅的红。

他方才将杜家那五人打得爹娘都不认识，定然也牵扯了伤处，许是刚刚愈合的伤口又裂开了。

我急切地拿剪刀把缠在他背上的许多层白布剪开，再小心翼翼地揭下来，每揭一层，洇出的红就深一分。

上回我替他拔箭时只晓得想办法给他解毒止血，全然顾不上其他，所以也是直到此时才看清，他背上除了这处箭伤，还有好几处早已痊愈的伤疤，长些的有两片柳叶相连那么长，是刀剑伤，短些的像一朵狰狞的梅，大抵也是箭矢一类的尖头利器所伤。

他比我大不了几岁，就因为皇子的身份，受了这样多的伤。

我揭开倒数第二层白布时，竟忽然不敢再揭了。

我也不知道我在怕什么，是怕这白布底下的伤口太过残忍可怖吗？不是的，我从前跟着师父下山治病救人，多可怖的病症都见过，怎么会怕这一个杯口大的箭伤？

我大抵是怕揭开这伤处，知晓他伤得这样重，还不顾自己，筹谋七日，只为带我逃离建康宫那处龙潭虎穴，圆一圆我这一生最想得到的自由自在踏遍万里山河的愿望。

他抛却了皇子身份，随我流落到如今的境地，龙游浅水遭虾戏，还要为我

强出头，不忍我受半点儿委屈。

他原本是待我这样好啊！

他许是察觉到我的停顿，别过脸笑说：“方才还胆大包天，怎么这会儿知道害怕了？”

我想狠狠地瞪他一眼，杀杀他的威风，可是看着他的侧脸，看着他左眉上那道浅浅的疤，竟忽然心疼得眼圈泛红。

他这样想遮掩自己的伤处，大抵也是不想我难过伤心。

我于是抹抹眼站起身，跟一旁的大夫说：“忽然不想看了，劳烦大夫替我兄长上药，上最好的药，我便出去等吧。”

临出门前，我再偷瞧霁王，他原本绷直的背分明放松了些。

转身迈出内室以后，我站到医馆门口，想要透口气。谁知杜少爷阴魂不散，这片刻工夫，也不知是谁通风报信说我们在这儿，等我再看见他时，他身后已经不只有四个小跟班了，而是变成了十个。

更棘手的是，他还叫手下抓住了梧桐。

先前听他说，整个石陵郡都是杜家的地盘，却不知这杜家是个江湖帮派还是朝堂府衙，因而也不知道我此时是亮出腰间的十丈软红剑好使，还是亮出怀里的“诏”字腰牌好使。

杜少爷可不给我思考的机会，右手一抬，十个跟班齐刷刷地将我围在正当中。

想必他长到这么大，什么山珍海味都吃过，就是不知道“吃亏”是何滋味，如今他吃了这么大的哑巴亏，又结结实实地挨了一顿揍，岂能轻易放过我？

我回头朝医馆一望，内室的门帘垂着，瞧不清里头的情形，我怕外面的打斗声让霁王分心，于是果断一跃，跳到杜少爷身后，使出我练了许久的龙爪手擒住了杜少爷的喉咙。

身娇肉贵的杜少爷“哎哟”一声：“你敢挟持我，真是吃了熊心豹子胆！”

我手上的力道加重了些，威胁他说：“我本意并不想伤你，你快命手下将梧桐放了，只要梧桐安好，我也保你安然无恙。”

杜少爷好像没有听明白：“梧桐？谁是梧桐？”

我以为他在装糊涂，索性踹了他一脚说：“就是你抓的那个孩子！”

杜少爷看了梧桐一眼，梧桐垂着眼不敢看我，眼神似乎还有闪躲。

倒是杜少爷身边最得力的那名跟班杜弘看不过去：“这小崽子是谢岩埔家的小儿子，叫谢时钰，不是什么梧桐。”

我此时也顾不得追究他究竟是梧桐还是谢时钰了，不管他是谁，都是我亲徒儿，非救不可。我重重一拍杜少爷的肩：“既然是老熟人，有什么过不去的坎，非要跟小孩子置气？”

杜弘此时绑着梧桐的两只手，欲言又止，见他家少爷迟迟不发话，进也不是，退也不是。

两方僵持，我不知道梧桐与这杜少爷有什么恩怨，此时也不是一探究竟的好时机，眼下还是救人要紧，我不得已，下重手掐住杜少爷的脖子说：“你如今小命都在我手里，莫非还舍不得放个不相干的孩子？”

杜少爷吃痛，这才叫杜弘把人放了。梧桐挣开杜弘的钳制，毫不犹豫地朝我这边跑，我心里盘算，以少对多，局面不利，不能硬拼，只能避其锋芒再图以后，若此时我自己跑还好说，可若带着梧桐，如何全身而退呢？

五

梧桐是个机灵孩子，晓得“知己知彼，百战不殆”的道理，甫一凑到我身边，就压低声音耳语道：“这人是石陵郡郡守杜知义的独子杜见良。”

怪不得杜少爷有恃无恐，动不动就说石陵郡是他家的地盘，他爹是一郡之守，是郡里最大的官。

可官再大，也大不过皇家，既然这杜少爷是官府中人，那便好说。

我胸有成竹地松开杜见良的脖子，将他一掌推到他那帮小跟班身边，杜见良回过神来便露出凶神恶煞的模样，发狠说：“你们还愣着做什么？给我上！”

我笑道：“慢着，且看看我手里拿的是什么？”

这样的关头，自然少不得沾一沾霁王的光。我举着“诏”字腰牌，和声说：“想必咱们之前有些误会，我本是给皇城里的贵人跑腿办差的，这位贵人你也看到了，位高权重，就算是你家郡守大人来了，也要赏几分薄面，咱们若是当街斗殴，叫这位贵人知道了，恐怕不大好。在下今日途经贵宝地，不如你便行个方便，来日我向这位贵人禀明，替你记个功劳，咱们就把恩怨一笔勾销，如何？”

我这番话既有威慑，又给他留了些许甜头，绝对算得上是有理有据，令人折服的，可谁知杜见良听完，眼珠一转，转而狠厉道：“既是皇城里办差的，牵扯了谢时钰，就更不能放，来人，别让他们跑了！”

我一怔，十个小跟班就朝我扑上来，如恶狗扑食，森森獠牙都朝外龇着。

梧桐扯着我的衣角，一副待宰的羊羔样儿。我叹口气，把“诏”字腰牌贴身放在怀里，再伸手从腰间抽出一把薄如纱、软如绸，却锋利无比、削铁如泥的剑。

剑刃抖着寒光，清晰地映照出面前那十人的面目。

我说：“梧桐，你自己小心。”然后一跃踹倒最前头的一人，以十丈软红剑划开其后二人的右手虎口处，那二人吃痛，手里的刀剑“哐当”掉落在地，

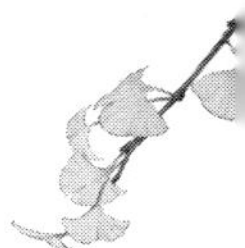

我还抽空拾起一把，回头抛给梧桐，叫他拿着防身。

转眼三人折在我手里，后面七人就有了防备。

我以十丈软红对敌，剑如游蛇，旁敲侧击，一道一道血口子就划在那几人的肩颈手臂处。

可我如此手下留情，不愿取人性命，他们却不晓得承情，反而一次比一次扑得更狠。

我师父以前教导我说“猛虎易除，群狼难顾”。我此时就体会得十分透彻。

我正想着要不要真的下狠手，将最拼命的那几人挑断个手筋一类的，就听着包围圈外头，杜见良一声惊呼：“住手，都给我住手！”

众人动作一滞，我也随着他们的视线一齐望向杜少爷。

就见身形臃肿的杜少爷身后，站了一个朗月清风的人。

霁王将随身的匕首抵在杜见良颈项间，他与我不同，匕首抵得十分尽责，已经将杜见良的颈项划开一道极深的口子，再进一分，就能要了杜见良的命。

这位杜少爷吓得两股战战，脑门上大汗淋漓，半点儿威风都没了。

我瞧了霁王一眼，果然嘛，正所谓英雄所见略同，他也同我方才一样，使了一招“擒贼先擒王”，先拿杜少爷开了刀。

只不过我先前想着，出门在外，人生地不熟，能不惹事就不惹事的好，所以对杜少爷和他这帮跟班，处处手下留情。

霁王就不一样了，他这人向来目的明确，手段也凌厉，此时战局一停，他远远见我无甚大碍，放下心来，然后将横在杜见良颈间的匕首挪开，对他道：“我见你平日横行霸道惯了，便忘了自己的身份，以为大宋的石陵郡成了你的石陵郡，原本你若肯低调些，不在我眼前生事便罢了，但既然犯在我手里，我便代郡守杜知义教你些为人臣的道理，你且好生记着。”说罢右手一抬，握在他掌中的匕首落下。

因杜见良的身躯挡在他面前，我便看不清他到底做了何动作，只见杜见良

满头大汗，疼痛至极，面目都扭曲了。末了霁王将匕首拔出来，用杜见良肩颈处的那片衣料，把匕首上沾染的血污擦拭干净。

杜见良腿肚子抽筋，哆嗦个不停，霁王偏又沉得住气，匕首在杜见良肩颈处往来翻着面儿擦拭，吓得杜见良一动也不敢动。

等霁王终于将匕首擦干净收入袖中，杜见良已经半瘫了，支撑不住身体，如烂泥一样跌坐在地上，面目灰败，目测一时半会儿是爬不起来的。

霁王抬起头对杜见良的跟班们说："你们少爷伤势有些重，对面医馆的大夫医术不错，劳烦你们带他前去救治，依这血流如注的情形，再拖下去恐怕有性命之忧，孰轻孰重你们自己掂量掂量。"

那几个跟班面面相觑，就顾不得纠缠我和梧桐了，一股脑儿地拥上前围拢在杜少爷身边，七手八脚地抬着杜少爷去了医馆。

原本一场你死我活的大战，片刻间就被霁王轻松化解，我举着十丈软红实在有些滑稽，便默默收了，将梧桐领到身边，等着霁王朝我走过来。

此时梧桐还在后怕，我却觉得心绪格外平静安定，总归有霁王在时，便没有他解决不了的危局，我倒应该在方才就甩手不管，等着他来收拾残局的，也省得花费这许多力气，还把局面越弄越僵。

我垂着头，本以为他走过来肯定是要训我的，可他抬手摸摸梧桐的脑袋，好像心情还不错，笑着说："走，我带你们去吃石陵酸笋鱼。"

我一时没反应过来："啊？"

他瞧着我说："方才医馆的大夫说，石陵最好吃的便是酸笋鱼，前面不远有家会宾楼，口味最正宗。折腾这半日，肚子都饿了吧？"

虽说我俩才得罪了杜少爷，情势十分危急，应当片刻也不耽搁地抓紧跑路，但最危险的地方反而最安全，我知晓霁王一向心中有分寸，就把方才的不快全抛到脑后去了，一心只念着酸笋鱼。我说："你不提还好，一提可不得了，莫说是酸笋鱼，只听到'酸笋'两个字，我的口水就要流下来了。"

去会宾楼的路上，我按捺不住好奇问霁王："你方才在杜少爷背后做了什么？疼得他嘴角都咧到耳根后头去了。"

霁王道："一时兴起，想到许久没有工夫练字，就用匕首刺了一幅墨宝送他。"

我讶然："你竟然在他背后刺了字，是何字？"

他一笑："把手给我。"

我老老实实递给他一只左手，他便托着我的手，用指尖在我手心里写了两个字。

我这人从前不爱读书，识的字不大多，瞧了这两个字好一会儿，还是不解其意。

霁王瞧我一知半解的模样，便不再托着我的手了，改为牵着，而后道："我写的是'佞臣'两个字，佞臣，便是奸妄之臣的意思，不是什么好言辞，你不晓得也无妨。"

梧桐在一旁探头探脑："师伯，会宾楼里除了酸笋鱼，还有不少好吃的，我可以再点一道酸萝卜炖鸭子吗？"

我听见这么多"酸"字，只觉口水压抑不住，因而扯着霁王的手加快了脚步，便听耳畔霁王说："你叫她'师父'，怎么却叫我'师伯'？"

梧桐机灵地改口："那……叫你'师公'？"

我差点儿被自己的口水呛着，百忙之中还不忘敲了梧桐一记，我说："我跟你'师伯'是兄妹，叫'师伯'就挺好，再则听闻杜少爷说你本名叫谢时钰，其中缘由，等到了饭桌上再与你计较。"

梧桐"哦"了一声，耷拉着脑袋跟在我俩身后。

眼前舒云横斜，天幕疏阔，晌午的阳光歪歪斜斜，透过花木的影儿落在我身上。

我只觉心满意足，大抵此时，是这么多日以来，最惬意的一个晌午了。

第二章
孺子可教

会宾楼依山而建，骆峰山被枫叶染红，红叶停在会宾楼翘起的檐角上，像是檐上忽然开了招摇的红花。

我们三个人挑了二楼的雅间，几枝红枫探进窗，我抬手摘了一片枫叶，把玩着叶柄，听着霁王和梧桐一人一句地跟店小二点菜。

霁王自不必说，山珍海味见惯了，能一眼就看出哪道菜口味最好，用料最讲究，奇的是梧桐在吃食一道上也不遑多让，点菜的本事很娴熟，将会宾楼的招牌菜点了个遍。

我问道：“梧桐，你从前经常吃会宾楼的菜吗？连酸萝卜炖鸭子里的鸭子要炖几个时辰都知道。”

他方才分明嘱咐店小二：“鸭子只炖一个时辰不入味，你将至少炖了一个半时辰的端上来，软烂适口最好。”

霁王也将目光落在梧桐身上：“听闻你从前叫谢时钰，谢家如今何在，怎能放任你一个孩子四处乱跑？”

梧桐突然哽住，方才还兴致勃勃地点菜，这会儿忽然像霜打的茄子。

我拿茶壶替梧桐倒了一杯热茶，他大口饮尽，咬着唇沉默了好一会儿。

我拍拍他的头：“不想说便不说，你不想叫人知道你的身世，我以后就还是唤你‘梧桐’，咱们江湖儿女，姓甚名谁都不打紧，谁还没有些许过去呢？”

霁王拿眼觑我，玩味地说：“嗯，江湖儿女。”

我依稀记得我年少时和我师弟混迹于青吾山中，许多上不得台面的事都被霁王瞧在眼里，因而我有些心虚，想拿话把此事揭过去，就听梧桐哑声说：“我谢家十几口人，都不在了……”

我倒茶的动作一滞，梧桐眼里已经“吧嗒吧嗒”掉下泪来。

霁王唤店小二上了一条干净帕子，我便用帕子蘸了些温水，一边替梧桐擦眼睛一边听他说。

谢家原本在石陵郡做铁器生意，大宋与北魏不同，对盐铁一贯是放任政策，允许个人经营。谢家祖上传下了制铁的手艺，梧桐的爹将这手艺发扬光大，抛开他数个铁器铺东家的身份不说，光凭手艺，在石陵也能称得上首屈一指。

谢家的铁器生意涉猎甚广，除了农具、刀剑，也做些弓弩箭簇、铠甲马槊一类的作战兵器。两三年前，谢家忽然关了三家铁器铺，但梧桐他爹的生意却异常红火，表面上一连关了三家铺子，实则不断张贴告示，从方圆几十里高价聘请铸铁师傅，人数鼎盛时，光烧制铁器的师傅，就有几十上百人。

那时梧桐便心里存疑，可他爹满腔热血，只告诫他："吾儿尚小，爹自有爹的打算。"

其后几年，石陵的铁矿挖尽，梧桐的爹还曾高价收购附近几个郡的铁矿，运回石陵锻造成铁器，不知道交与何人换回大把的金银，继续挖铁矿、铸铁器。

霁王此时问梧桐："你当时可曾见过，是何铁器，弓弩剑戟，还是普通农具？"

其实这般情形下，答案已是八九不离十，梧桐眨巴着泛红的眼睛，抽噎着说："我爹从前学艺时，就精通各式兵器的铸造技巧，后来他学成以后，抛却祖上传下的老方法，自己改良创新，不仅能加快烧制速度，还能使刀剑更加坚韧锋利，而且不易生锈，在战场上可以应对更加恶劣的环境。"

如此一来，谢家的兵器价格高昂，不论谁人得之，都可算得上是如虎添翼。

梧桐继续说："当时便是石陵郡守杜知义，告诉我爹大宋前线危急，急需一批兵器，恰好我爹手中有新制的兵器图样，郡守便晓以家国大义，让我爹铸造兵器送交朝廷，给石陵争光，也给谢家争一个朝廷嘉奖，留名后世。"

我凝眉沉思，梧桐又说："我爹夜以继日铸造兵器，杜知义给我爹圈出一大片深山野林，让我爹和铸剑师藏在野林深处，每日吃喝有专人传送，不许他们踏出野林一步。野林四周还派兵把守，我想见我爹一面，只能乘其不备躲在

矮树丛里，一步一步挪到天黑，才能到林子深处远远地看我爹一眼。”

我望向霁王，他也若有所思地望着我。

梧桐说：“我爹如此铸了三年的兵器，我也数不清他究竟铸了多少，只知道每日拉兵器的马车在日暮时分从野林深处驶出，车轮碌碌，连绵不绝。”

我深觉此事非同小可。

依照梧桐的话说，谢家铸造的兵器应该经由郡守杜知义上交朝廷，可大宋与北魏的战事断断续续打了数年，近来好似平息了许多，这经年的战争，前线兵器都由朝廷亲自督造，未曾听闻有哪家郡守献过兵器一说。

所以这三年时间，铸造的数不清的兵器，到底去了哪里？

眼下会宾楼的小二，将方才霁王和梧桐点的菜一一摆上桌。

酸笋鱼，汤汁鲜美；酸萝卜炖鸭子，香味扑鼻；就连时令小菜也炒得红绿相间，格外勾人食欲。梧桐饿到现在，正当是能生吞一头牛的时辰，见了满桌花花绿绿的菜，先前的哽咽声便小了，转而换成了咽口水的声音。

我把碗筷摆到他面前：“吃完再说也不迟。”

他像得了赦令，抓起筷子狼吞虎咽起来。

我正要拾起筷子也跟着饱餐一顿，就被霁王从旁侧拦住，只见他从怀中掏出自己随身的帕子，将一瓶伤药撒在我手指上，然后十分耐心地用帕子替我包扎好。等他做完这些，我瞧着自己的右手俨然被他包成了一个粽子，这还怎么叫人吃饭？他该不会是故意的吧？

我怒而瞪之，后者慢悠悠地拾起我方才那双筷子，用他一贯的皇家风姿夹了一片没甚油水的菜叶递给我，长眉一挑说：“无妨，我喂你。”

往常他做出这副神情，多半没什么好事，我抖着手说：“这种事怎好劳烦你？”然后转头朝梧桐喊了一声：“徒儿，你来喂为师。”

霁王将筷子放在桌案上，抱臂瞧我：“时钰还是个孩子，你怎么忍心看他饿着自己，给你夹菜吃？”

我于是逞强地换了左手使筷子，谁料到半天不得法，把菜夹得七零八落。

霁王被我逗笑了，自顾自将剥了壳的虾放在我碗里，由着我拿勺舀着吃。

一旁狼吞虎咽的梧桐慢慢停了筷子，瞧着我和霁王喃喃说："以前我爹宠爱我娘，也是这样，在会宾楼点一盘白灼虾，含笑剥虾给她吃。"

我拍拍梧桐的肩："往事不可追，若你是男子汉，便该保全自己，想方设法找寻当年的真相，替你爹娘昭雪冤屈，将害你爹娘的人绳之以法。"

梧桐用力地点头，因为嘴里塞得满满的，只能含糊应一声："嗯！"

我叹口气说："你在这个年纪遭逢大难，又吃了那么多苦，为师只恨没有早日寻到你，但你放心，有为师在，日后便没人再敢欺负你。"

梧桐两眼泪光盈盈，重重点头道："嗯！"

我抬手把酸萝卜炖鸭子往他面前推了推："多吃些，咱们往后免不了还得风餐露宿一阵子，吃了这顿，也不晓得下一顿在哪里。"

说罢我拿手肘碰碰霁王："咱们现下还剩多少银子？"

除去先前在医馆花掉的药费，和如今在酒楼花掉的饭钱，约莫还剩下八两银子并一些铜钱。

霁王将这些碎银子放在桌案上，我便拿筷子尾分成差不多的三小份。

我说："咱们人在江湖，难免遇到些糟心事，这些银子全放在一人身上实在不保险，不如分成三份，咱们一人拿一份，就算其中哪一份出了纰漏，也还能有个找补，你们说好不好？"

他二人没有异议，霁王招摇地将银子收到袖子里，梧桐就像我多一些，十分务实地将银子藏在鞋底。我赞许地看着梧桐："孺子可教。"

二 

等梧桐吃饱，方才没讲完的故事得以窥见下文。

杜知义以朝廷之名征用兵器，甚至将铸造师关在野林之中，一铸就是三年。

初时梧桐的爹谢岩埔不疑有他，勤勤恳恳地监造兵器，将新制的图纸钻研成型，又大批量锻造，制出了柄部和刃部加长且为两刃的马槊，同时督造万钧弩和连弩。

我知晓万钧弩需用绞车张开发射，所使用的箭也更长，与长矛相似，每一射“辄洞穿三四人”，而连弩，即可以连续发射的弩，在战时足以织出密集的箭网，令对手无暇他顾。

这许多结合了谢岩埔奇巧心思的兵器，就在这三年间陆续锻造出来，经由杜知义的手，送到前线将士手中。

只可惜，这前线将士，不是我大宋的将士，竟是北魏拓跋氏的将士。

梧桐说到此处，恨恨地把拳头捶在桌上：“杜知义以这样的手段欺骗我爹，将我爹的心血卖与北魏，换了不知多少金银，后来我爹察觉事情不对，追问兵器去向，杜知义便自以为他安插在我爹身边的细作已经掌握了我爹铸造铁器的秘法，竟然过河拆桥，编织了一个莫须有的罪名，将我谢家亲眷十数人一同下了狱。”

我也愤而捶桌：“真是岂有此理！”

怪不得梧桐打从随我下山起，就特意抓了柴灰将自己抹得漆黑，后来在市集上初次见到杜少爷，还躲在我身后吓得如同剪了翅膀的鹌鹑，原来他与杜家竟有如此渊源。

梧桐又道：“杜知义安在谢家身上的罪名是窃国，我娘临危之际将我锁在半人高的密室里，与我姐姐双双被杜知义的手下所擒，那时我还料不到，三日后法场行刑，杜知义连辩驳的机会都不肯给我爹，便令刽子手当街要了我一家十数口人的命。后来天降暴雨，血染长街，他给我爹安了窃国的罪名，世人怎

知，真正窃国之人到底是谁？”

我晓得此时我更应该冷静，可听闻这样泼天的冤屈，实在心绪难平。

若不是霁王适时将手按在我肩上，恐怕我就要拍案而起，立时去杜家为梧桐讨回公道。

我把牙咬得“咯吱”响：“这杜知义胆子忒大，为了些许银钱竟连为人的道理都不顾了，现在想想，方才在他儿子背上只刺那两个字，实在是亏，少说也该刺个‘相鼠有皮，人而无仪！人而无仪，不死何为’才对。”

此时我用我肚里仅存的一点儿墨水，背出了《鄘风·相鼠》里的第一句，说到此处犹不解气，转而跟梧桐说：“你放心，我既然知晓了这样的事，便让他杜知义有命谋财，无命享用，早晚替你报了这杀亲之仇。”

霁王忽然道：“你准备怎么报？”

我一时卡了壳，总不能真的月黑风高夜，提剑上门与他血拼吧？真要如此做，又与杜知义之流有何分别？

真要报仇，也该是光明正大，既揭露杜家恶行，又能为谢家洗冤，这两者缺一不可。

思及此，我想明白了，难度如此之高的报仇行径，唯有霁王才可妥帖办到。

我把目光转到霁王身上，殷切地望着他。

他横我一眼，不需要我多说什么，便应了一个“好”字。

我打心里替梧桐高兴：“既然如此，梧桐的事就托付给你了。”

窗外秋意袭人，孤雁落花，霜叶西风，本是萧条暮景，但因为有眼前的人，便只觉午后日头正好，照得周身暖意融融。

一顿饭罢，摆在我们面前的便是接下来该往何处去的难题。

本来秋猎回銮时，我与霁王骤然脱离大部队，宫中无人知晓我俩去了何处，又不能大张旗鼓地张榜寻找，所以这些时日以来，我与他过得分外平静，似乎真的远离宫中纷扰，成了十足的自由身。

但方才我使腰牌吓唬杜见良，同时也暴露了霁王身份，恐怕宫中得到消息，又会引来皇后那方势力的觊觎，实在麻烦不小。

这么一合计，我跟霁王打定了同样的主意，既然陆路危机重重，不如改走水路绕行，乘船去临清绕一个大圈子，再从对手意料不到的线路返回建康城。

如此，原本一两日便可抵达的行程，因着走水路，恐怕要三五日才可抵达。

我原本想着，反正也不急于回宫，拖延几日便拖延几日，更何况水路沿途的景致极美，落霞孤鹜，秋水长天，别有一番风味。

但我偏偏忘了霁王有怕水的毛病，登船时他面色还算如常，等船夫将船驶离栈道，他的面色便白了一分，其后船在江心摇晃，他便靠着船上的桅杆，身体绷直，指节泛白，神情极肃穆，好像眼前的江水是十万雄兵驻临城下，他站的这处桅杆，便是城楼上矗立的关乎一战之成败的战鼓。

我找船家讨了杯热茶递与他，想了许久，实在不知该如何安慰他，便说：“你若瞧不得水光，就闭着眼，若也经不住小船摇晃，就想象此刻是在林间松涛之上，风拂松叶，因而松枝往来应和。若还是不行，我只能拿出压箱底的绝活，给你唱支歌。”

三 

我之所以要在此时唱歌，倒不是因为我的歌声多么宛如天籁，而恰恰是因为我自小五音不全，宫、商、角、徵、羽唱得都不大利索，我师弟以前犯了错，我师父碍于他财大气粗的爹，不好下狠手体罚他，便将我师弟绑在木头桩子上，令我在师弟耳边唱上三五支歌。

我师弟常说：“古有‘对牛弹琴’，本以为人间至苦不过如此，谁承想后世还能有‘牛怒起而对人歌’。”

他这是将我比作牛!

要说我师弟，他这辈子不晓得当面说了我多少坏话，偏偏这句我心服口服，我觉得牛若会唱歌，说不准比我唱得还好些。

此时霁王是不大知道我这些往事的，他还做出饶有兴味的神情：“那便唱来听听。”

我哽了哽，面上有些发红：“其实我唱歌这条是下下策，不到万不得已使不得。”

他笑：“从前在凝翠湖边，初听你的笛声，便觉不同寻常，如今，更加期待听你唱支歌。”

他所说的凝翠湖畔初闻笛音，是我从前和郡主姐姐摆擂台的事情。郡主姐姐琴声清越，当得起“天籁之音”这四个字，而我按住玉笛的几个孔，深吸一口气，闭起眼来只吹了几个音，就引得假山崩石，白鹤受惊，差点儿生撕了我。

真真是往事不堪回首。

我嘴角抽了抽：“那笛声其实还只是我未使出全力之作，如今你若真想听我唱歌，也不能白听，须得告诉我你为何怕水，说不准我能替你解开心结。”

他将目光投向远处，神情有些寂寥，像是在回忆从前的什么事，半晌说：“好，依你。”

于是，我绞尽脑汁搜罗了一首应景的曲子，清清嗓子唱道："今夕何夕兮，搴舟中流。今日何日兮，得与王子同舟。"

其实这首古曲，连我师父都唱不大准，我初学时，也只学了这开头的两句。

我师父说："团儿还小，这曲子等你日后长大些，遇到能使你'见之满心欢喜，别之牵肠挂肚'的人，师父再教你。"

眼下，我不假思索便唱了，语调虽说不大准，字词却念得毫不含糊。

霁王静静望着我，他身侧江水卷着波光，霜霞日落，满江胭脂色。

我被他望得有些心虚，以为他要后悔叫我开口唱这支歌了，谁知他道："你好像并不知晓这支歌是何意。"

我也望着他，颇不服气地说："虽然我肚子里墨水不多，却也晓得这支歌说的是与王子同乘一只舟的事，与现下情形正是十分契合。"

他未说"是"，也未说"不是"，只说："今后这支歌，便不要再唱与旁人听了。"

我以为他果真嫌弃我歌声清奇，拐了好几道弯告诉我不要再轻易开口唱歌，并不晓得这支歌名叫《越人歌》，最后两句，连我师父也没告诉我的词是："山有木兮木有枝，心悦君兮君不知。"

彼时烟霞漫天，霁王以手撑着船舷，肩上的墨发和身上的衣袍被江风扬起，耳畔有禽鸟啼鸣声，也有江水滔滔声，他突然问了一个不相干的问题，他说："先前没得闲暇问你，那块腰牌，你一直带在身上？"

我反应了一会儿，他口中的腰牌，大抵是那块刻着"诏"字的腰牌。

于是我十分坦荡地说："保命的物事，当然珍之重之。"

他还是如先前那般望着我，黑眸映着江水，波光粼粼。

他继而问："没有旁的原因？"

四

脚下小船微晃，波心随着荡漾，我这时心神落在旁处，便没有防备，身后梧桐一个不稳摔在我背上，推着我径直扑在了雩王身上。

他下意识地伸手环住我俩："当心。"

我瞧着他后背抵在桅杆上，便忘了他先前的问题，只晓得关切地问他："你的伤处要不要紧？"

他扶我和梧桐站稳，摇摇头说："我的伤处从来不在皮肉，而在这里。"说罢他指指自己的心口，面上还是笑着的，仿佛在说赌气的玩笑话。

我怔住，他微微偏头："你不是想知道我为何怕水吗？"

他故意顿了顿，重新回过身去望那澄澄的一江秋水，漫不经心地说："我年幼时曾被亲近之人推进后园的湖里，呼救时不慎灌了许多水，昏迷几日才醒来。"

他用词极浅，像是在说一件寻常事。

被亲近之人背叛，不得不直面生死，如何震惊绝望，如何挣扎求生，他只字未提。

那一刻，他被晚霞镀上一层柔和的光晕，因是背对我，所以看不清他面上的表情。我有些后悔问他这样的问题了，他却说："我其实很感谢当年那个人，没有当日的他，便没有今日的我，所以一枝，不必歉疚。"

他说得这样淡然，好像做出一副不甚在意的样子，便能拒人于千里，不叫人靠近他，也就能不叫人有机会伤他。

梧桐扯扯我的衣角，小声说："师父，我难过的时候最想要娘亲的抱抱，师伯这样难过，你也抱抱他吧。"

我摸摸梧桐的头："你师伯难过时我们没有在他身边，现在他的伤已经结痂了，再做这些也已经晚了。"

梧桐迷糊地眨眨眼："那便什么都不做吗？"

我说："当然不是。"

我也走到霁王身边，与他一样并肩撑着船舷，我说：“哥，从我打定主意与你站在同一条船上起，便只有前路，没有退路，你信也好，不信也罢，今后无论是一帆风顺还是荆棘满途，我都绝不负你。”

我说这话的声音不大，却铿锵有力，充分表明了我的决心。

他虽然没有回应我，撑着船舷的手指却用力收紧，我便朝他一笑：“从前你进退都是一个人，往后，我陪你啊。”

江风拂面，吹皱一池秋水。

霁王像是自语：“一枝，我此生从未试过倾心于信任一个人。”

我打断他，也同他一样望着面前这烟波暮霭楚江阔，我说：“你亦不用在此时便倾心信任我，就如当初在凝翠湖边我落水那日，你与我说过，‘我们来日方长，不必争这一夕长短’，我觉得这句话说得甚好，此时便拿来与君共勉。”

他唇角微弯，好歹算是笑了。

身后梧桐听得云里雾里，只以为我在和霁王打哑谜，挠着头说：“师父，同乘一条船便能宽慰师伯了吗？”

我觉得此时正是言传身教的好时机，因而将他拖到身边，一脸严肃地对他说：“你以为能寻到一个风雨同舟的同伴，是容易的事吗？多数人，便如现下这条船上的，不消三五个时辰到达目的地后，便各奔东西，再也无缘相见。人都说‘知己两三，已是快事’，做人不要贪多，才能知足常乐。”

梧桐咂摸着我这番话，若有所思。

我们三人便并肩撑着船舷，遥望远处云霞江天。

小船破浪前行，这回的目的地临清，很快就到了眼前。

五

算起来，暴露行踪以后的第一日，风平浪静，大抵是因为皇后娘娘那边刚得到我和霁王的消息，一时还理不清头绪。到第二日，她醒过神儿来，就不肯放过这样绝佳的“霁王孤身流落山野，不慎落于山匪手中，进而丧命”的好时机。

毕竟在宫外制造一出“悍匪劫财不成反害命”的假象，可比在宫里想着法与自己撇清关系简单多了。

她若派出杀手来袭，霁王自然是“众矢之的”，我瞧着霁王说：“我们这一行人，‘一对兄妹’并一个孩子，实在太过显眼，有心人只要一打听就能得知我们的行踪，所以我思来想去，还是只能委屈你。”

我从前跟着师父行走江湖，学过一点儿易容术的皮毛，虽说不能像师父那样技艺高超，巧用工具达到完全换一张脸的奇效，但寻常给人换些形貌还难不倒我。

这回我打算让霁王假扮白发老翁，并上我和梧桐，干脆扮成“祖孙三人”，方便行事。

霁王原本挺白净的一张脸，被我敷上两个生鸡蛋打成的汤汁和一些“佐料”，就变成了皱纹密布的模样，我又从铺子里买了些粗布衣裳和胭脂眉粉，把霁王凌厉的剑眉化成粗粗两条虫眉，又在他的颧骨上抹了两团黑红胭脂，这下把他放在人堆里，恐怕连梧桐都认不出来。

等拾掇完他的脸，这个老翁装扮最关键的一环，就落在他的白发和白胡子上。

梧桐指着远处一群小羊羔说：“附近也只有那羊羔毛是白的了。”

我举目四望，大环境如此，想把这装扮化得精致些也难，但我思忖道：“羊羔毛太短，依我看，还是灰白相间的马鬃毛最合适。咱们这一路行来，倒也有那么几处富裕人家，只可惜马儿拦在马厩中，不能满街随意跑，少不得，咱们得亲自上门‘求取’一些。”

所谓“求取”，就是比“不告而取”好上那么一点儿，就是取完再给人家扔下些银两稍作补偿，毕竟“不告而取谓之偷”，我如今为人师表，自然不能跟幼时一样胡闹，所以如今再取，就只能用我师弟惯常用的“求取”这么一招。

当然我这番良苦用心，梧桐是不大明白的，他这个年纪，正是对事物充满好奇的时候，听说我要上门求取马鬃毛，便非要跟着我一探究竟。

我实在不好打击他的积极性，便薅着他的后衣颈，足尖点地，带着他跃上一户人家的高墙，悄无声息地落在人家后院的马厩里。

梧桐睁着大眼睛看我，仿佛一只受了惊吓的猫儿，他说：“师父，想不到你的轻功如此厉害。”

我斜他一眼，依稀记得当初他对霁王言道：“这位姐姐瞧着瘦瘦小小，方才我险些跌进柴火堆时，她拉我更是使不上力气。”直到后来他还一度想拜霁王为师，觉得拜在我门下是吃了大亏。

此事换作从前，我是决计“得理不饶人”的，但自从我当了人家师父，就有了容人的肚量，我此时就十分慈爱地摸着梧桐的头，循循善诱道：“乖徒儿，你若肯替为师取下三五两马鬃毛来，为师就考虑考虑将轻功技法传授于你。”

梧桐不疑有他，从我手里接过霁王那把匕首，兴致勃勃地上前去薅马毛。

马儿吃痛嘶鸣，待他薅得差不多时，这处马厩的主人也闻声带了家仆前来，将梧桐团团围住，一副兴师问罪的架势。

我此时正坐在高墙上一处树荫里闭目养神，梧桐被人抓了现行，正愣在当场，一手拿着匕首，一手拿着薅下来的马毛，隔着人墙可怜巴巴地望着我。

我淡然伸手，在虚空中往下压了压，跟梧桐示意：“别慌，小场面。”然后跃下高墙，带着一副笑脸给这户主人赔不是，我说：“我这弟弟天生眼神就不大好使，一贯爱把珍珠当作鱼目弹着玩的，今回薅了贵府的马毛，兴许是将马毛当成了龙须，都怪我前日跟他讲了‘龙须鸾尾，凤毛麟角’的故事，这孩

子就起了兴，非要薅一把龙须来玩。”

我这番即兴发挥的说辞，令梧桐瞧得叹为观止。

这户主人倒是通情达理，见梧桐只是个孩子，一腔怒气就缓和了些，对我说：“这年纪的孩子，玩性大也是有的，只不过我这匹马嘶鸣不止，恐怕是受了惊，等它安定下来，说不准是十天半个月后，这些时日的行程都要被这马儿耽误。”

我会意，从怀中掏出些碎银子：“我这弟弟惯会惹事，你瞧我今次出门，前脚才给上一户人家赔了好些银子，后脚他又薅了贵府的马毛。可叹我身上银钱实在不多，只剩这些，也不知够不够雇辆马车，弥补贵府这几日出行上的损失。”

正所谓伸手不打笑脸人，我这番做小伏低，这户主人的气也消了，收下我的碎银子，就对梧桐不予追究了。

梧桐很会看我的眼色，临走时抱着薅下来的马鬃毛不撒手，非说这是龙须，要带回去赏玩。

马主人也拿这些鬃毛无用，就一股脑送给了梧桐。

等辞别那户人家出来，梧桐咬着嘴唇欲言又止，我瞧着他：“有话就说。”

他喃喃：“师父，我有点儿明白了，方才你说我一贯眼神不大好使，爱把珍珠当作鱼目，是说我从前识人不清，以为师伯比师父厉害，一心要拜在师伯门下的事吧。”

我颇赞赏地看着他：“你跟着为师这些时日，有长进。”

他被我如此夸奖，小小雀跃了一番：“若能长久跟在师父身边，我定然能长进更多，师父能不能答应我，今后无论如何都不要抛下我？那日你在船上跟师伯说，今后无论是一帆风顺还是满地荆棘，都要与他风雨同舟，我年纪虽小，但是听懂了，我也想跟师父你风雨同舟。”

这便是言传身教的力量啊！

我捏着梧桐白面团子似的小脸喜极而泣："为师想不到有生之年还能收到一个像你一样可心的徒弟，有你这句话，别说是轻功，就算是为师身上九九八十一路青吾剑法，以后都一一传授给你。"

梧桐被我捏得面目扭曲："师……师父，住……住手。"

我乐不可支："梧桐，为师真后悔当初给你起名字时太随意，早知今日，便该给你起个名叫'可心'才是。"

梧桐吓得脸色发白："师父不要冲动，'梧桐'这个名字就挺好。"

我摇头晃脑地想了好一会儿："'梧桐'这名字，上不得大台面，只当作小名还可以，真要说出去，不够体面，我回头叫你师伯给你想个好名。"

后来霁王听闻此事，不假思索地替梧桐起了个能上台面的名，他说："梧桐本已有名字，我便为你取个小字，唤作……'庭梧'吧。"

我随之念："庭梧，谢庭梧，的确是个好名。"

梧桐满心欢喜地应了，将怀里的马鬃毛掏出来，小心翼翼地铺陈在霁王身侧。

我便替霁王梳了发髻，把长些的马鬃毛盘在发髻外，遮住他原本的黑发，再拿粗些的鬃毛粘在霁王的下巴上做胡子，这一番拾掇下来，若不是他还笔直地站着，当真与上了年纪的老翁无异。

另外就着剩下的胭脂眉粉，我还替梧桐改化了一副女儿妆。

弯弯的柳叶细眉、浅浅的胭脂红、粉嘟嘟的小脸，再将梧桐的头发盘成双平髻，斜簪上街边一文钱两个的红豆珠花，活脱脱一个粉雕玉琢的小姑娘。

这么一改扮，就算皇后娘娘举着画像四处搜寻，也认不出我们的模样了。

我正满意地欣赏我这两件"得意之作"，就见霁王朝我招招手："你只顾着替我们两个乔装，倒把自己给忘了，过来，我替你绾发。"

我这才反应过来，老老实实将梳子递给他。

他伸手将我头上的发髻解开，用木梳极认真地把乱发理顺，然后出乎意料地替我梳了一个男子发髻，而后说："你若还做女子装扮，极易被人认出，先

前的努力恐怕要付之东流。”

我头也没回：“可是因为在人群之中，我长得格外好看？”

他的气息吐在我耳后，依稀是被我逗笑了。

倒是梧桐很捧场地点头道：“师父的确好看。”

我横他一眼：“是谁初次见面，便说‘这位姐姐瞧着瘦瘦小小’的？”

诚然我还是记仇，他这番话我少说能记个一年半载。

梧桐委屈道：“我那时整整饿了三天，一心扑在烤斑鸠上，哪儿还顾得上看师父的模样？”

被他这么一说，我别的没觉得，倒是实打实地饿了。

于是这番乔装之后，重新出现在街巷间的，便是一个佝偻着身子拄着枯木拐杖的老翁，和一个年纪轻轻的小郎君，以及一个活蹦乱跳的垂髫小姑娘。

我们仨先是去临清最出名的醉霄楼点了一大桌菜，打算饱食一顿再做打算。

原本我已做了十足的准备，要想万无一失地躲避皇后的追击，光乔装改扮是不够的，还要适时地留下错误信息，将对手引到错误的方向去。

所以在乔装改扮之前，我们三人曾十分招摇地去车马行雇了一辆马车，高声指挥车夫往相反的城镇去，当时在场的许多人都目睹了这一幕，往后若是有人问起，也应当晓得怎么回答。

但拖延只能是一时，皇后到底不是好相与之人，该来的难题也终需面对。

就在我们吃饭的桌案上，我夹起一块红烧肉，鼻端闻到若有似无的龙蜇香，便惊觉这桌菜里被老熟人下了毒，因而抱拳笑道：“不知幕后之人多大的面子，竟连苜蓿娘子都能请来。”

屏风后有人嫣然笑语：“团妹妹的鼻子还是跟从前一样灵便，姐姐不请自来，让妹妹见笑了。”

第三章
吉凶未卜

苜蓿娘子是江湖上赫赫有名的毒娘子，炼毒使毒的本事一绝，好比说寻常蝎子有八条腿，苜蓿娘子养的毒蝎却能有十足。

她更是因为常年侍弄毒花毒草，染了十分撩人的香，江湖人为这香取了个名，叫作龙蜇香，其香馥郁，初闻摄人心魂，但如我一般闻多了的，只觉这香气太盛，闻多了头晕。

此刻在这小小的醉霄楼雅间里，苜蓿娘子穿着一身黑纱从屏风后转出来，一摘下头上的帷帽，只瞧她绯红唇角翘起，如丝媚眼当先望向霁王："这位小哥哥生得骨相匀称，即便遮掩了容貌，我也能猜到，定然是个美人。"她说罢还意犹未尽地舔了舔唇，朝霁王抛了个媚眼，并报以妩媚一笑。

我还没说什么，梧桐已经嚷起来："哪里来的熏人臭气？比我从前住的破庙里，那些老鼠屎还难闻。"

什么叫"初生牛犊不怕虎"，这便是了。

梧桐话音落下，我就敏捷地抽出十丈软红跃上桌，"哐当"三声，替他挡下了苜蓿娘子的三根噬骨针。

苜蓿娘子不悦的眼神从梧桐身上扫过，重新落在我身上："团儿妹妹今回惹了不小的官司，江湖上广发悬赏令，只可惜画像画得不到家，若不是你我从前都是老熟人，我险些找差了地方。"

她一边说，一边掏出大把的毒针毒镖来，虽然她掏的是阴损毒物，姿态却优雅，尤其是当着霁王的面，她更是掏得风情万种："既然是老熟人了，咱们也别耽误彼此的工夫，悬赏令上标价最高的是你身后这位小哥哥，我便看在你师父的面上，不与你为难，你且让开些，若不留神被我的毒针'叮'了，那可怪不得我。"

我用眼角余光瞟了一眼雅间的陈设布局，霁王背后有窗，若我与苜蓿娘子谈不拢，以他的身手，也是能全身而退的。这么一想，我悬着的心就放下大

半，从桌案上跃下来，挡在手无缚鸡之力的梧桐身前说：“你也晓得我师门的情形，不知悬赏令上我们三人是什么价钱，改日我叫我师弟补给你两倍之数，这事便作罢如何？”

苜蓿娘子把玩着手里的毒针：“团儿妹妹是聪明人，眼下这单生意，即便我不做，也多的是旁人愿意做，若你哪日折在旁人手里，这空口无凭的一句话，让我再去找谁换钱来呢？”

我也晓得对付苜蓿娘子这样比我还要务实的人，单单动动嘴皮子，是于事无补的，她惯常行事是个急性子，如今能按捺着性子与我叙这么半晌的旧，定然也是对我有所图。

此时霁王手中的筷子已经收紧，但我以目光示意他少安毋躁。

我说：“想必金银都是身外之物，你意不在此，我便把我师父新近钻研的《毒经》背给你听如何？”

听闻此言，苜蓿娘子笑靥如花：“你师父的《毒经》可是云崖派不传之秘，听闻连他从前的入室弟子都无缘一窥，如今你轻易便许给我，竟想不到这位小哥哥在你心中如此重要，若我乘人之危，再向你讨一本《药经》，你是否也能舍得？”

霁王便在此时起身，将我和梧桐护在他身后：“既然《毒经》是云崖派不传之秘，团儿亦不必给她，我倒很想瞧瞧，这位姑娘从进门起便处处虚张声势，是否真有胆子取我性命。”

苜蓿娘子眉心一跳，一双媚眼抬起，腰肢摇曳生姿，向他走近两步，作势抬起一条手臂。

我下意识地提剑，被霁王按住了右手。

苜蓿娘子便将手指落在霁王脸侧，轻轻摩挲着说：“小哥哥如此自负，不怕我起了兴，一口生吞了你吗？”

霁王挑眉一笑，瞧模样，颇似我从前初见他时的那般狐狸笑意，只是此时他一双眼肃然冷清，连带这笑意到末了也成了生人勿近的冷意。

只见他略偏了头，避开苜蓿娘子的手指说：“江湖上使毒的人虽不少，能叫上名号来的却不多，你既身在毒门之中，想必听过傅彦然这个名号。”

别说是苜蓿娘子，就连我都知道，傅彦然，人称“江湖第一毒公子”，当年初出茅庐时，以亲手所制的一味“霜露芙蓉”，令仙降谷年逾古稀的神医白瑞毫无察觉地中毒，又尝试百法解毒，最终依然束手无策，只得亲自求取傅彦然的解药，从而使得当时年仅十五岁的傅彦然一举名声大噪。

听闻这味名唤“霜露芙蓉”的毒，服之可使人面如美人初醉，又如露染胭脂，不只周身沁出异香，就连毒发时的模样，都是极好看的，与往日那些发作时使人青面獠牙的毒药全然不同，极有腔调。

果然此刻听闻傅彦然的名号，苜蓿娘子一双眼亮了亮。

霁王故意抛了这个话头，却又不肯直说下文，而是吊着苜蓿娘子的胃口说：“我听闻炼制奇毒需用奇引，恰好我在溪山圈了一片地方，令傅彦然养了些奇物，大抵是金蚕蛊、玄冰蛇此类，至于奇花异草、毒虫毒石，更是不胜枚举。”

话说到此处，我一个“门外汉”都心向往之，再偷瞧苜蓿娘子的神情，那满腔狂喜简直要从她的眼神里溢出来，但她还算克制，缓了缓道：“傅彦然隐遁山野已有十年，这十年间，不知有多少江湖人查访他的下落而不可得，原来是藏在了溪山。”

霁王道：“姑娘若有兴趣，我可令傅彦然亲传你豢养毒物、炼毒制毒的技法，只不过能不能入他的眼，技法学得几分，端看你自己的本事。”

此时苜蓿娘子明显身形一晃，满眼欣喜之色压抑不住，却还是理智犹存地说：“我如何信你？”

我以为霁王少说也得拿出些令人信服的书笺信物一类的，谁知他一撩下摆坐回原处，两手空空地挑眉看着苜蓿娘子道：“信不信由你。”

我扶额，自打流落山野这些时日以来，霁王素日行止都颇正常，我竟忘了，实则他内里还是一只妥妥的奸狐狸。

方才他对苜蓿娘子说的这番话，虚虚实实，叫人一时分辨不出真假，而后他又抛出一个极可口的诱饵，叫人想拒绝都难。

何谓一石二鸟？若依我的办法将《毒经》背给她，难保她不会事后反悔再做纠缠，可依霁王的办法，既能化解眼下的危机，还能将苜蓿娘子支到遥远的溪山去，保她一时半会儿不会卷土重来，从而绝了后患。

当真是老谋深算。

我颇为苜蓿娘子悲叹，她如何能算过霁王去？

果然，苜蓿娘子只踌躇了一会儿，就咬咬牙下定决心："姑且信你。"

霁王于是令店小二呈了纸笔来，挽袖提笔，一封"彦然亲启"的手书已经写好。

苜蓿娘子将手书揣在怀里，临去前倚着屏风回眸一笑，朝霁王道："承了你的情，便也送你一句话，前头埋伏不少，慎行。"

霁王道一声谢，我以为此事就算揭过去了，谁知苜蓿娘子前脚都抬起来了，又硬生生落下，神情凄凄婉婉地呢喃一句："你为团儿妹妹所谋深远，可惜她一贯心大，恐怕要辜负这一番韶光。"

霁王说："那便是我的事了，不劳姑娘记挂。"

他二人一来二去，好像在打哑谜，我也像梧桐一样托着脑袋望他，他察觉我的视线，侧身问我道："为何这么看着我？"

我真心实意地说："与你相处越久，就越觉得你深不可测，此刻我看着你的感觉，就好像从前我在青吾时常常凝望的那处深渊，我好几回借着翘起的石头攀到深渊底下，以为我先前看到的已经是深渊底，可等真站到那一处，才知深渊下面还有深渊，沟壑纵横嵌入地底，恐怕这一生都望不到那处深渊的头了。"

霁王垂下眼睫：“你若好奇，我便将深渊敞开，待你走近了看。”

“嗯？”

他认真的神情转瞬即逝，随即招手，唤店小二重新上了一桌可口的饭菜。

梧桐还是稚子心性，瞧见红烧肘子，早就把方才的事忘到脑后去了。

霁王伸筷子替我夹了一块肥瘦相间的红烧肉：“多吃些。”

我把碗里的饭扒到嘴里，就着这块肉嚼得分外起劲。

本以为到此时，终于能舒心顺意地吃上一顿饭，谁知饭才吃到一半，就听到雅间外头另一位老熟人的吵嚷声。

杜少爷最信赖的那位小跟班杜弘，正在雅间外头与店小二叫板，只听杜弘道：“爷几个随船到临清，大半日没吃上一顿饭食，怎的到了你这儿，连个像样的地方都不预备好，是瞧不起爷，以为爷吃不起你这儿的饭吗？”

店小二抹汗：“几位客官实在是冤枉了小的，如今二楼客满，实在找不到合适的雅间，不如客官先到一楼寻个临窗的位置暂时歇歇，小的给客官上些瓜果茶水来。”

杜弘一脸不耐，倒是他身后的一个人扯了扯他，低声道：“少爷叫我们押的货不能出差池，这顿饭不如将就将就，等到了江陵，再寻个酒楼就是。”

杜弘摆摆手：“我心里有数。”又转头对店小二说：“你就把醉霄楼的招牌菜端上来，爷几个要是吃舒服了，自然少不了你的好处。”

店小二点头称是，领着杜弘到一楼去了。

我趴在雅间的屏风后面，偷瞧着杜弘招摇过市的背影。

梧桐则起身推窗，探头朝雅间的窗外望。

醉霄楼便是因临水而建、楼高数丈、天气晴好时可纵观楚江而闻名。

我好奇地问梧桐：“你在看什么？”

他眺望远处，指着几艘首尾相连的大船说：“我认得船尾那个印记，我爹所铸的兵器上，烙的也是这个印记。”

这便有趣了。瞧杜弘方才耀武扬威的模样，显然是第一回全权押送，想来

杜少爷后背的伤还没好利索，所以此等要事，不得已才派了自己的心腹杜弘。

霁王也起身去瞧那几艘船："这批兵器既然走水路，经江陵，应当是过襄阳后入北魏。"

我道："如此一来，临清是周转地，杜弘将船停在此处，应当不会久留，我们要速战速决，一旦让这批兵器落入贼人手里，不知又将折损我大宋多少好儿郎。"

霁王遥望楚江，神情肃穆："一枝，杜弘此行带的随从绝不会少，仅凭你我二人能拖延几时？必须借助官府之力。临清距石陵只有半日路程，杜家的船既然敢在此处停留，也难保临清郡守不与杜家同流合污，所以临清郡的兵马我信不过。现下只有联络我培植在临清的一队暗卫随船下江陵，沿路留下记号，再由另一队暗卫快马加鞭入建康，通知我的亲卫带兵前来拦截，只要赶在这几艘船出大宋之前拦下即可。"

这主意弯弯绕绕甚多，但霁王为了叫我听明白，故意费了许多口舌。

总归他一贯有勇有谋，在这样动脑筋的事上从未叫我失望过，我自是说："依你的主意行事再好不过。"

但奇的是，他说完这主意，却看着我欲言又止。

我说："你我经历过这么多生死危机，还有什么可顾虑的？有话不妨直说。"

他叹息道："只是若借官府之力，你我便不能像从前那样自在无虞。或许，迈出这间醉霄楼，便因身份之别，再不能……"

他没将这句话说完，大抵是碍于梧桐在眼前。我却听懂了他的未尽之言，只要迈出这间醉霄楼，我便不是花一枝，而是大宋的太子妃花团，而他亦不是我的兄长花千树，而是要循礼与我疏远，否则便是觊觎太子之位，犯了皇子大忌。

如此一来，我们便再不能自在畅游、把酒言欢。

我只要一想到今后回了建康宫，每日穿拖沓的华服，戴三五斤重的首饰，

坐卧行止恪守礼仪规矩，一举一动时刻展现大宋的天家威仪，就觉得累身累心。况且，一旦回了那处金丝鸟笼，我便要与霁王划清界限，兴许十天半月也无机缘见上一面，更兴许见了面，也要循礼隔着大半宫人内侍，尊称一声“太子妃”和“霁王殿下”便罢，旁的是一概不能指望了。

三 

这么一想，我也打了蔫，我说："虽然明知该来的早晚会来，但总自欺欺人地想，能晚一日便晚一日也好，可如今情势不由人，我便做一回牺牲吧。哥，你尽管把你的暗卫召来，大不了出了这醉霄楼，我就做个失了眼睛耳朵的提线木偶，反正在回宫之前，能有如今十数日自在时光，也是我赚了。"

我这厢话音刚落，就有一人步态悠哉地绕过屏风，拿一柄乌骨折扇挑开珠帘，格外欠揍地说："小团子，远远就听你说'赚了'，莫非你还能从苜蓿娘子那只铁公鸡身上讨得什么便宜？"

我只觉右眼跳个不停，没想到来临清才不过半日，从前的老熟人排着队赶来相见，眼下这位手执乌骨折扇、外表衣冠楚楚的金贵公子，正是我那"嘴皮子功夫了得，身手却不敢恭维，从前扎个马步都能磕掉半颗大牙"的师弟陆九迁。

犹记得青吾一别，也有数月不曾见他，往常青吾山上日子清苦，他一贯是一副青布衣褂、蓬头垢面的模样，如今士别三日，他做一副翩翩公子打扮，身着银紫团纹袍，手执芙蓉缀叶扇，连头发也着意梳得齐整，束在白玉芙蓉冠中。

我讶然道："你怎会来此？"

他将扇子扇得十分招摇："你瞧这醉霄楼建得这般恢宏气派，不肖说，自然也是陆家的产业。"

他身后跟着的醉霄楼掌柜也恭谨道："这位便是我们少东家。"

陆九迁摇着扇子朝我眨眼："怎么样小团子，师兄我厉害吧？"我斜他一眼，仿佛能从他背后瞧见一条晃得正起劲的尾巴，我说："小九，师父不在，你更应当谨言慎行，不然我万一失手伤了你，连个救你的人都没有。"

陆九迁抬袖一咳，许是怕我再说什么，伤了他在手下人面前的颜面，于是转身跟醉霄楼掌柜说："此处都是故友，我一人应付便可。"

掌柜很有眼色地听令退下，珠帘一阵窸窣声后，待雅间里没了外人，我便当先向霁王指道："这位想必你也见过几面，我师弟陆九迁。"

而后我转身指着霁王跟陆九迁说："这位是……"话到此处我卡了壳，正所谓隔墙有耳，总不能在这样鱼龙混杂的地方，把霁王的身份堂而皇之地说出来吧？

陆九迁偏头打量他："我记性一向不错，怎么竟想不起来何时见过他？"

我心说那是自然，第一回见面时，霁王带着一身伤，扮作流落青吾的匪寇，险些叫他治死；后来再见，是我和他烤叫花鸡打牙祭时，霁王远远望着，并未上前惊扰；再后来便是这第三次见面，霁王又做白发老翁打扮，仍旧不能以真面目示人。

只是这些前尘往事一时半会儿解释不清，我也抬袖咳了咳，跟陆九迁说："这不打紧，以后你有的是机会见他，现下我和他身负要紧事，恐怕不能留在这里与你闲话。"说罢我便要告辞。

陆九迁向来我行我素惯了，闻言扯住我一只手腕："等等，什么要紧事竟然连我也不能说？"

与此同时，霁王也扯住我另一只手腕："此行吉凶未卜，我一人去便可，你留在此地等我消息，别令我分心。"

听他如此说，我也晓得联络暗卫这样的事，多我一人也无益，但仍是关切地说："万事小心。"

他说："好。"

极轻的一个"好"字，就能令我蓦然安心。

四

目送霁王出门，我才坐回原位，问陆九迁道：“你远在青吾待得好好的，必定不是无缘无故来了临清吧？”

他收起扇子坐下，喝了口茶水道：“你猜得不错，我接到江湖上的悬赏令，晓得你近来混得这么惨，便来了。”

这一个两个的，如苜蓿娘子和陆九迁这样，说要寻我，便能寻到我，看来我先前自以为是、故布疑阵的小伎俩，谁也没瞒过。

陆九迁将手臂搭在我肩上：“不过你也别气馁，虽然你近来混得惨，但好歹也算是上过悬赏令榜首的人了，你是不知，悬赏令开价榜上，你的价钱仅低于先前那位兄台，名列第二，比十恶不赦杀了几十人、仇家遍天下的恶霸还厉害，也算得上是名震江湖。”

瞧他一脸幸灾乐祸的模样，我忍住暴打他一顿的念头，继续问：“你说悬赏令上只有我和他两人，没有这孩子？”

陆九迁这才将视线扫到梧桐身上：“何时多了个孩子？”

我暗忖，既然悬赏令上没有梧桐，就说明此事不是杜家出手，想来能出得起如此大价钱、做得出如此大手笔的，也唯有建康宫中那个人。

我这么想着的时候，陆九迁已经招招手把梧桐叫到面前来：“小子，你是何人？”

梧桐怯生生道：“我是师父新收的弟子。”

陆九迁玩心大起，捏着梧桐的小脸说：“小团子，你何时收了这么个粉雕玉琢的徒弟？我险些看走眼，以为他是个女娃。”

我打掉陆九迁的手，颇有风范地说：“梧桐，见过你师叔。”

陆九迁不罢休：“小子，叫师伯。”

真是处处不忘占我便宜。

我因而抽出桌案上的筷子对陆九迁道：“看剑。”

他挥开折扇：“我挡。”

我有心试试他这些时日的进益，便以木筷当剑，回身斜刺道：“孤云别雁。”

他躲得很利落，还反守为攻，以折扇直取我命门道：“行云有影。”

我以木筷横挡：“荒云远断。”

他以折扇劈下：“浮云蔽日。”

我赞道：“好小子，身手见长。”

他亦回我：“小团子，你也不赖。”

我手下不留情：“没大没小。”

他躲闪起来滑得像个活泥鳅：“你奈我何！”

眼下这情形要想分胜负，唯有使出我多年的绝招来，我说：“信不信我一会儿绑了你，唱《镇魂曲》给你听？”

陆九迁这才好歹晓得利害，收了折扇讨饶道：“女侠饶命，我还想多活几年呢！”

难为梧桐在这样的年纪就领教了他这两个不正经的师父师叔，我偷瞧梧桐的小脸，仿佛又白了三分。

我做出慈爱的神情，摸着梧桐的脑袋说：“徒儿乖，为师便趁这会儿工夫，再对你言传身教一回。你瞧见你师叔没有？他在你这个年纪时，连马步都扎不稳，下盘松散不说，平地上都能把自己摔个狗啃泥，可你看他现在，一把扇子耍得进退自如，全靠他‘笨鸟先飞’，肯下功夫。你也瞧见了，以你师叔的根骨都能练到如今的境地，说明我们青吾剑法厉害非常，只要你以后勤加练习，也能像你师父我一样所向披靡。”

梧桐的信心被我点燃，点头脆生生地说：“徒儿遵命！”

一旁陆九迁正跷着腿剥花生吃，闻言咂咂嘴，学着师父的腔调说：“委实是误人子弟啊！”

我拾起一颗花生当作飞镖打在他脑门上，他疼得“哎哟”一声，这才住了嘴。

雅间的窗外日头西斜，晚霞余晕铺陈天际，霞光映照秋水，染得半江褐褐。

我忧心忡忡地望着窗外落霞满天，过不多时，停靠在岸边的那几艘大船驶出码头，依稀大船身后还跟了几艘大小不一的货船，不知里头哪一艘是霁王的船，也不知接下来，是否还能像现在这般，偷得浮生片刻闲。

等霁王回来，已是入夜时。

他此时已经揭去脸上的马鬃毛胡子和蛋清抹成的皱纹妆，衣裳也换了一件清新雅致的，眉目朗朗，全不见半点儿风霜。

梧桐困得趴在桌上小憩，我听出霁王的脚步声，拨开珠帘等在屏风后，待霁王绕过屏风，当先瞧见我，宽慰我道："事情已办妥了。"

我朝他一笑："我早便猜到，你亲自出马，焉有办不好的事？"

他警觉地望着我："如此嘴甜，可是有事求我？"

我说："你也晓得我以后入宫的境况，平日无趣得很，所以我想带两个人跟我一起回去，哪怕是与我说说话、解解闷也好。"

霁王抬眼瞧瞧雅间里另外两人，梧桐还在睡着，陆九迁正托着脑袋看我，他二人还不晓得我说这话是何意。

但霁王听明白了，他一手掀开珠帘迈进内室："庭梧年纪尚小，正是应当请个先生好好修剪的年纪，后宫之中多女眷，你那处恐不利于他成长。但他既然肯唤我一声'师伯'，我便把他留在身边，待三五年后他长得亭亭净植些，再找个机缘还给你吧。"

我瞧着梧桐的睡颜，虽然心里颇舍不得他，但也不得不承认，霁王说得很有道理，与其将梧桐留在我身边，整日打打杀杀、斗鸡斗狗，倒不如让他跟着霁王，学些治国安天下的本事。

我既身为梧桐的师父，也应当多为他的将来着想。

因而我从善如流地说："梧桐便罢了，可我师弟已经长得挺成形了，带他回去总无碍吧？"

我这话音落下，陆九迁当先坐不住了："我千里迢迢到临清来，原本打算亲自护送你回去就功成身退的，你怎能得寸进尺？你晓不晓得像我一样的男

子若是入宫，只能去做内侍？‘内侍’你晓不晓得是什么意思？我陆家三代单传，我爹要是知道我进宫做了内侍，还不得打断我的腿？”

他这人一向聒噪得很，我干脆一指探过去，点了他的哑穴。

我说：“你忘了咱们师父有一味‘移形换影丹’，只要你当成大补丸吃下去，立时嗓音纤纤，再以你的细瘦身形，换上一身女装，大可以当我的贴身宫女随侍在我身边，更可以借着身份之便，饱览宫中不世出的绝代孤品，好比你最感兴趣的古玩书画一类的，你在民间辛苦寻访多年，也比不得皇上一句话，更何况你若表现得好，说不准还能得到皇上封赏，将珍品抱回家。”

陆九迁眨眨眼，自己用手指把哑穴解开：“你这么说，似乎、好像、仿佛……”

我一拍他脑门：“别犹豫了，大好机会千万别错过。”

然后我又目光殷切地望着霁王：“好不好？”

霁王正俯身将梧桐抱起，只见梧桐睡眼惺忪，转转脑袋换了个舒服的姿势趴在霁王肩上，又沉沉睡去。

霁王说：“你头一回正经求我，便依你。只不过夜已深，我近来打算在临清小住，方才已经寻了一处客栈。”

我奇道：“截下杜家的船以后，你我难道不用快马加鞭回建康复命吗？”

霁王一边将梧桐抱得舒服些，一边对我道：“此事交给颜洲去办即可，我料想他在建康收到消息后，清点人手派人到江陵截船，再审问杜弘等人，掌握确凿证据返回石陵控制局面，会清理后续事宜，等做完这些，再来临清寻我们时，大概是十日之后，这十日，你便安心住在临清，做些你往常想做却没机会做的事，我亦有空闲陪你。”

我好容易听明白他前头说的那番话，却未料到他会说这最后一句。

“有空闲陪我”是何意？

五

说话间，霁王已将我带到醉霄楼大堂，门外早有马车等候，我便没机会细问了，想也没想便钻进马车里坐好，谁知陆九迁也跟了上来，他说：“临清的客栈都不怎么合我心意，索性舍命陪君子，与你住在一处，也好贴身保护你。”

我嫌弃道：“你得了吧，谁保护谁还不一定。”

他撇撇嘴：“倘若真有危险，我挡在你前面，好歹也能拖延个一刻半刻的，再说江湖上谁不知道我陆小爷的名头？五湖四海的兄弟多少也能赏些薄面。”

车轮碌碌，梧桐趴在霁王怀里睡得香甜。

我终于忍无可忍，抬手捂住陆九迁的嘴：“好了好了，你不要再说了。”

霁王将眼风扫在我手上，开口道：“一枝，路上颠簸，坐好。”

我“哦”了一声，老老实实坐好，却分明觉得车夫驾车的技术十分娴熟，路上更是平坦得连半块多余的石头都没有，哪来的“路上颠簸”一说？

再偷瞧霁王，他已经将脸扭向窗外，只留给我半个被月光映照的侧影。

嗯……别说，侧影轮廓也挺好看的。

一炷香后，我们到了接下来十日要住的客栈，其名为“花萼楼”。

虽说模样简朴了些，但名字倒是起得挺合我胃口。

柜台后的掌柜像模像样地替我们几人安排了客房，我却眼尖地瞧见了角落里一处霁王的标记，那标记在我怀里的“诏”字腰牌背面也有一模一样的，是一幅团成团儿的芍药图。

我以前问过他这幅图的由来，他说：“母妃素爱芍药，某日梦中有感，见一芍药园，其后有孕，生我时又逢花朝节，便说我命中与‘花’结缘，亲手画了这幅芍药图，制成荷包玉佩令我戴在身上，再后来我在外置办产业时，也惯用这幅图做装点，大抵是看多了，就觉得颇顺眼。”

但他何时在临清也有产业了？还是一间突然冒出来的“花萼楼”客栈。

他察觉到我的视线，解释道：“方才受陆家启发，觉得临清地处交通要塞，南来北往消息灵通，正适合建一个情报收集点。自古酒楼客栈这类聚集之地，消息也最集中，陆家早先建了醉霄楼，收集的是经商一道的情报，我便买下一处客栈，取名‘花萼楼’，用来收集些于我有用的情报。”

我怎么觉得，这句“受陆家启发”，好像话里有话？似乎陆九迁才说了醉霄楼是陆家的产业，霁王就置了块地，挂了“花萼楼”的招牌，与陆家分庭抗礼。

陆九迁难得正色道：“你怎么知道我的醉霄楼是个情报收集点？”

霁王答道：“前有苜蓿娘子为难，你便得了消息赶来，我似乎记得，你见团儿的第一句，便提了苜蓿娘子的名号。”

他二人此时对视，眼中皆是精光闪闪，我这样的凡夫俗子，恐怕到死也学不来他二人那样满腹的花花肠子。

我此刻只觉自己仿佛掉进了狐狸窝，一只奸狐狸正对着一只爹毛狐狸。

爹毛狐狸在青吾横行多年，如今终于晓得“人外有人，天外有天”。就好比说霁王从午后出门联络暗卫，到入夜归来，这短短半日时间，不但周密地布置了拦截货船、收拾石陵郡守杜知义的妥当计划，还在百忙之中抽空置办了这样一间用来联络情报的客栈。

虽说时间仓促，客栈此时也只重新修葺了几间上房，但门前的招牌“花萼楼”三个字，显然是出自霁王的手笔，如今想来，怪不得那笔画瞧着颇熟悉，连名字读起来，也颇合我心意。

客栈大堂的掌柜和店小二自然也出自霁王培植的暗卫，此刻见自家主子与人这样火光四溅地对视，皆停了手上的活计，目不转睛地盯着战局，一副见势不好就要拔刀护主的架势。

我打个哈欠，无暇关心后续，自顾自领着一旁抱梧桐的车夫上了二楼客房。

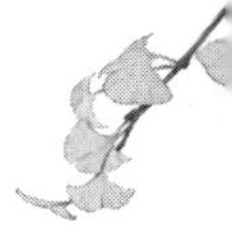

房里被褥全是新的，烛台妆台也擦拭得锃光瓦亮。

我奔波了这些时日，头一回躺在一个像样的软榻上，鼻端绕着干净的棉花香，只觉被褥绵软，周身舒坦，当即替梧桐掖好被角，揽着他进入梦乡。

第二日晨起，霁王和陆九迁已经端正地分别坐在一张桌案的两头。

案上明明摆满了一碟一碟的酱肉包、小花卷，他二人却眼观鼻、鼻观心，岿然不动。

我和梧桐十分雀跃，拾起案上的筷子便迫不及待地把吃食往自己碗里夹。

好在我还记得为人师表的身份，间或也给梧桐夹个花卷吃。

我左手边的霁王自然细嚼慢咽，吃相十分好看，但偷觑我右手边的陆九迁，竟然也摆出一副贵公子派头，掏出袖中一对白玉芙蓉镶边的银筷，慢条斯理地夹了一只酱肉包，却又不立刻吃，等肉包在原地凉了三分以后，才缓缓送到嘴边。

总归，看他二人吃饭，委实累人。

梧桐虽然不晓得发生了什么，但瞧着“师伯”和“师叔”如此，也不敢像先前那样大快朵颐，而是颇委屈地看着我，也把筷子顿在半空，慢悠悠地夹起一只小虾饺，甚至不敢蘸醋，就这么夹到碗里，眼睁睁看着，端详半日才往嘴里塞上一个。

我心说这么个吃法，几时才能把饭吃完？但又不好当着后辈的面拆他二人的台，只得忍气吞声，回给梧桐一个“为师也无能为力，你且好自为之”的眼神。

一顿饭吃完，霁王问我：“你可想好了这十日要做什么事？”

这问题我本来没有答案，想做的事太多，短短十日根本不够用，比如我如今最想回一趟青吾，可山高水远，不知哪里又有埋伏暗算，只得想想便作罢。

但此时秋光正好，雁过长空，他这样认真地看着我，我竟忽然有了答案。

我说：“这最后的十日自在辰光，我最大的愿望是可以跷着脚坐在屋檐上，看一整天日升月落，不用想宫中的暗潮汹涌、你争我夺，也不用忧心明日

会如何。”

我这样微不足道的愿望，换作旁人可能不屑一顾，但于我，却是可遇而不可求。

我晓得以陆九迁的聒噪性子，自然忍受不了闷在屋檐上一整日，所以十分有先见之明地令他带着梧桐去逛临清的市集，让他俩自己热闹去。

今日天光这样好，天幕湛蓝，杳杳云烟，衬得天景格外辽阔高远。

我跃上花萼楼的楼顶，舒展四肢，仰面躺在房檐上。

秋高气爽，花萼楼后院的桂花缀了满满一树，香气随着秋风萦绕鼻端，我惬意地闭上眼，犹记得在宫中时，云让哥哥曾允诺我，待碧霄宫的月桂开了，他就做桂花糖糕给我吃。

但今时不同往日，也不知我以“太子妃”的身份回宫以后，他还能不能像从前一样不拘俗礼，与我畅然相处。

思及此，我心绪一时寂寂，赶紧摇摇头跟自己说：“能有片刻偷闲，便不要想那么多。明日事自有明日来应对，过好今日才最要紧。”

身侧霁王不知何时也与我一道枕着手臂躺在房檐上，他听我如此说，笑道：“你能如此想，我便不用担忧你以后在宫中的日子难熬了。”

我侧头看着他，日影被层层叠叠的枝丫打碎，细碎的桂花瓣落在他的肩上发上，忽然觉得他这样眉眼舒展的笑意亦是难得，我抬手拂去他眉间沾着的桂花瓣：“以后在宫中，你若不想笑的时候，便不用勉强自己，那样疏离的笑意，远不如今日这样染在眉眼里的笑意好看。”

依稀，他轻轻“嗯”了一声，我再看时，他已经合上眼假寐了。

六 

十日辰光，实在太过宝贵，好像不管用来做什么，都像是虚掷。

我格外想做一件能在今后想起来，依然记忆犹新的事。

只是，在临清这处小小的地方，活动范围不过方圆几里，受环境所限，我只能做些不那么劳师动众的事，好比说躺在屋檐上晒一整日太阳或者沿着楚江策马而行。

楚江沿途苇草摇曳，晨光中泛着好看的金边，我很想将马儿骑得慢些，如此良辰美景，不该随着疾驰的马蹄一晃而逝。可时间并不会因为我的如此心愿而放慢半分。

最后一日，我叫陆九迁备下所需药材，专程制了一瓶移形换影丹。

他捏着鼻子服下片刻，再开口时，那嗓音婉如黄莺，很是好听。

我原本还想拉着他继续做苦力，再制一些其他药丸，但这位大少爷推说他要适应一下新身份，拈起桌上的帕子一扭一扭地回房去了。

我将多余的药材制了一瓶清热解毒丸，一瓶十全大补丹，有这样两瓶药傍身，回宫的底气也足了一些。

待天将晚时，我亲手制了一碗药膳端到霁王房里，他抬头瞧见我，手里的笔顿了顿，唇角带着笑意说："你来得正好，从前教我书画的师父总说我画的仕女图少了一分女子神韵，我那时琢磨不出，这几日倒是有些心得，你且来看看我画得如何。"

我哪里晓得书画之道，这问题去问陆九迁才最合适不过，但他既然诚挚邀请，我就硬着头皮去瞧了一眼。

画中女子神采奕奕地……嗯……啃着一只鸡腿？吃得油光满面不说，眼睛还瞄着柴火架上仅存的另一只鸡腿。

我深吸一口气，压抑住心头的怒火："嗯，的确是……画得颇传神。"

他将画举在我脸边比对了一番："实则神韵还差了那么一点儿……"

门口有人踉跄一步，哆嗦着说："禀……禀殿下……"

原来自霁王流落山野后，皇后的势力频频出手，暗中谋害了几位偏帮霁王的大臣。

每一次暗杀都做得干净利落，看起来像是天灾人祸的模样，半点儿把柄都不留。

暗卫还道："属下查知，下一个目标是郎大人，郎大人这几日要随夫人回乡省亲，恐怕路途会不太平。"

霁王提笔写了一封手书交给暗卫，那名暗卫领命退下，霁王又恢复了方才的戏谑神情，用笔在我的画像上添了几笔发鬓，而后在发鬓上画了一支银杏叶发簪："宫中只有你的朝熙宫和我的朝晖宫种了满园银杏树，你今后若有消息要传递给我，便以银杏叶为记；又或者，想起我时，便看一看这支银杏叶发簪。"说罢像变戏法一样从掌心里变出一支如画中一样的银杏叶簪子。

簪子是银制的，简单素净，是我喜欢的样式。

他替我别在头发上，末了又补了一句："本王选的这支簪子与你再合衬不过，若无旁的事，最好日日戴着。"

我咂嘴："你这支簪子样式简单，以后我回了宫，免不了得戴些旁的珠翠，到时候这簪子在我头上，锋芒全被别的珠翠掩住了，戴与不戴又有什么两样？"

他看着我说："我倒是尤其希望，这簪子的锋芒被别的珠翠掩住。"

我那时还不明白他话里的意思，疑惑道："嗯？"

他抬手揉揉我的脑袋，嘱咐道："我亦会以银杏叶为记，与你传递消息。宫中诸人诸事纷繁复杂，以后你独自应对，切记要当心。"

我郑重地点头应下。

后来听闻，暗卫们得了霁王令，提前设伏，在郎大人回乡的必经之路上先下手为强，抓住了刺客。但可惜刺客们只是拿钱卖命，无法得知幕后指使之人。

我仰面躺在花萼楼的屋檐上，瞧着远处山雨欲来，心知这些时日的宁静怡然，恐怕我穷尽此生，再不复得。

第四章
花无并蒂

翌日，霁王的亲卫颜洲带着大批人马如约而至，两辆缎面镶金的马车，被侍从前呼后拥着行来。

万珠掀开其中一辆马车的车帘，遥遥看见我时，眼圈已经红了，她下车疾跑到我面前，碍于众人都在，只得朝我恭敬行礼，说了一句："太子妃娘娘万福，奴婢来接您回宫。"

万珠身后跟着的两个小宫女，手里各自托着一只大锦盒，里头盛着太子妃常服和依礼需戴的珠钗首饰，我只看了一眼那些金银翡翠，就觉着压得脖子疼，万珠自然晓得我的脾性，宽慰我说："娘娘这几日在马车上，不需打扮得如此隆重，可过两日回到建康，便要头一回以'太子妃'的身份进宫，半点儿都马虎不得，所以奴婢带的这些衣裳首饰，到时候必须要穿戴起来，不能在皇上皇后和各宫娘娘面前失仪。"

话说到此处，我最担忧的问题便来了，我以"太子妃"之尊，流落民间数日，如今回宫，难免会有风言风语。万珠扶着我的手，一边将我往马车上带，一边说："霁王前日给皇上写了一封陈情书，听闻皇上读完，心疼得不行，只说你这些时日在外吃了太多苦，等回宫后，定要好好犒劳你。还听闻陈情书里，霁王言道，他与你一同流落在外，互相扶持，恪守六礼，寸步未离。"

这句"恪守六礼，寸步未离"，便是保全我清白名声之意。

我隔着眼前影影憧憧的人影，朝霁王那处望去，他今日身着黛蓝袍服，广袖被风拂起，身姿格外挺拔俊逸，想必他此时正在吩咐先前抓到的那批刺客该如何处置的事，并无暇顾我，但我心里知道，他为我谋算周全，将细枝末节也打点妥当，此番回宫，比我预想的要顺利得多。

我这厢正兀自出神，身后忽然响起一声诡异的娇嗔："侍卫哥哥，你长得这么标致，想必是此处管事的，我家娘娘今次回宫，带的行李有些多，劳驾你派个人，帮忙把行李装上马车。"

我循着声音回头，果然瞧见改换了一身女装的陆九迁正拈着一块帕子，可怜巴巴地眨着眼，跟颜洲说话。

我晓得他一贯是个甩手掌柜，从前就不大爱亲自动手，体力活更是多半推给我干，如今他乔装成女子，更加肆无忌惮，靠着那张涂了胭脂水粉以后更加娇艳的脸，便在颜侍卫面前横行霸道。

自陆九迁改换了女装，我便也不再以他原来的名姓称呼他，而是给他起了个小名，叫作陆小九。

小九所说的那些行李，实则全是他自己要带的，比如吃饭用的芙蓉银丝筷、喝茶用的如意紫砂杯、煮酒用的红泥小火炉、睡觉用的翡翠云纹枕，个个是又笨重又占地方。

颜洲此时被小九的娇声喊得面皮发红，咳了咳说："不知这位姑娘是？"

我连马车也顾不得上了，执意扶着万珠的手往回走。

小九便答："我嘛，说出来怕吓着你，我就是……"

我走到他俩面前，一把扯住小九，接着他的话往下说道："这是我从前在家乡时的贴身丫头，名叫陆小九，近来听说我流落在临清，就千方百计地寻来，打算与我一同进宫伺候。"

小九神情颇受伤，嘟着嘴以示不满。

颜洲朝我一抱拳："原是陆姑娘，不知姑娘所说的行李在何处？既是太子妃之物，便由属下亲自安置为好。"

我感激地看了颜洲一眼，放心地将小九的行李安置事宜交给他来办。

小九一贯会使唤人，只动了动嘴皮子，喊上几声"侍卫哥哥"，就叫颜洲搬上搬下忙活了半晌。

我和万珠坐在马车里，透过车帘看着底下颜洲和小九忙进忙出，好不容易才把五大箱行李尽数归置到马车里。小九心满意足地搓搓手，又记起现在他是"女子"身份，重新挺胸收腹将帕子拈好，朝颜洲甜甜地道了声谢。

颜洲赶忙摆手，依稀耳根子都红了，找个借口钻到队伍前头去了。

远处霁王已经将诸事打点妥当，只见他越过众人走到我这处马车旁，隔着五步之遥，恭敬行了朝礼道：“不知太子妃可收拾妥当？若妥当了，臣便命人启程。”

我听着他这样疏远的话，喉间一哽，清了清嗓子道：“已妥当了，劳烦霁王殿下。”

他道：“太子妃言重。”然后再行一礼，反身回到我身后那辆马车上，大部队开拔。

我曾隔着车帘悄悄回望身后那辆马车，早知迈出这一步，我与他就隔了不能逾越的沟壑，但真的迈出这一步，心里还是不由得失落。

二 

一行人到达建康那日，万珠一早便服侍我梳妆、更衣，将犹自困得东倒西歪的我，从头到脚收拾得整整齐齐。

小九自然也要换上宫人服饰，万珠贴心又周到，说："小九姑娘既然是团儿的贴身丫头，以后在宫里便不分你我。这回出门匆忙，我只带了一身换洗衣裳，小九先凑合穿着，等到了朝熙宫，我再叫人给小九裁新衣裳穿。"

须知一宫之中，掌事大宫女只有一个，万珠的服饰自然与普通宫人不同，她肯将自己的衣裳赠给小九穿，便是与小九平起平坐之意。

我赶忙说："小九是从乡下来的，不大懂宫里的规矩，我以前待他又太好，养得他比我这个小姐还金贵，所以我也从不指望他能在朝熙宫里有什么出息，只盼着他能陪我说说话、解解闷罢了，你只需将普通宫人的衣裳给他穿便好，以后素日相处，也只当他是个寻常小宫女，切不可由着他的性子胡来。"

小九闷了这几日，此时好歹寻着开口的时机："万珠姐姐，你别听小……团儿的话，我虽然是从乡下来的，但是懂事又乖巧，绝对不会给你添麻烦。而且你以后要是有事，尽管跟我说，我一定赴汤蹈火，为万珠姐姐在所不辞。"

万珠被他哄得一笑："小九不愧是团儿的贴身丫头，和团儿一样，满肚子鬼机灵。"

小九再接再厉："万珠姐姐不光人长得美，性情也温柔，我原本随着团儿进建康宫，还觉得宫里规矩大，日子肯定难过，可如今见了你便觉得，若是宫里全是像万珠姐姐一样的好姐姐，这辈子不能进去一趟才是真的亏大了呢。"

我暗暗朝天翻个白眼，忽然觉得带他进宫绝对是一个错误，这分明是将一只黄鼠狼丢进了鸡窝里。

万珠不晓得前因后果，只当他是个娇俏可人的小姑娘，还亲昵地挽着他的手臂说："小九不用怕，等到了宫里，万事有我，咱们朝熙宫人以后也要随着团儿搬进东宫去，身价跟从前不一样，旁的宫人更是不敢欺负你。"

小九乖顺地将头埋在万珠肩上，依稀还餍足地蹭了蹭。

我心里道：这只爹毛狐狸！

他眯着眼坦然望着我，一副“你奈我何”的模样。

我……我奈何不了他，索性把头转向窗外看风景。

犹记得第一次随着马车来建康时，还是初春时节，青吾山的花开得漫山遍野，如今秋意渐深，枝头黄叶交叠，满眼萧条暮景，让人看得心头戚戚然。

思绪纷杂间，建康宫最外头的宣阳门已在眼前。

我下了马车，由万珠搀扶着，顶着十斤沉的珠翠头饰，沿着高高的宫墙往里走，远远就见甬道那头，御驾并一众后妃等在第三道宫门前。

皇上亲自来迎我，足以见他对我这个“太子妃”的重视，他肯在此处纡尊降贵摆这样大的阵仗，大抵也是想亲迎我回宫，好堵住悠悠众口。

我十分感激地朝他一拜，随着落于我身后半个身位的霁王齐声道：“儿臣拜见父皇。”

皇上伸手虚扶，将我二人扶起：“朕这把年纪，唯一的念想，便是儿孙平安。你二人在秋闱之后远赴临清重岩寺，为我大宋祈福运势，实在辛苦，如今平安归来，朕心甚慰。尤其是团儿，才封了太子妃，便急着为国为民祈福，实是臣民表率，不枉朕对你寄予厚望。”

皇上故意将我和霁王流落民间之事，说成是我和他远赴重岩寺为国祈福，如此一来，便将流言蜚语扼杀在了摇篮里。

皇上这话说完，转头瞧了瞧一旁站着的皇后娘娘，皇后娘娘自然满面含笑：“团儿和诏儿平安回来就好，这些时日诏儿不在，贵妃妹妹总是心绪不宁，颇念叨了几日，人也消瘦了不少，诏儿既然回来了，快去向你母妃请安吧。”

皇后娘娘这番“顾左右而言他”的功夫，使得炉火纯青。

皇上也摆摆手，慈爱地看着我说：“回来便好。”

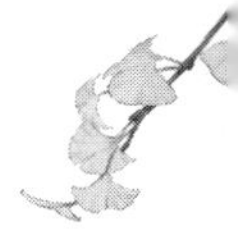

这话说得好像别有深意，皇上许是知道些什么。

但他没有追问别的，只说：“团儿奔波数日一定累了，早些回朝熙宫歇着吧。”

这话也把旁人探究的目光一齐替我挡了。

我隔着许多环佩鬓影，瞧见后妃们身侧站着的郡主姐姐，她满眼担忧，唇角动了动，好似欲言又止。我朝她一笑，示意无事，她却不放心，眉心蹙着，手里一块帕子揉得皱成一团。

等我回到朝熙宫，才坐下片刻，一盏茶都没喝完的工夫，郡主姐姐果然带着樱珠来瞧我了。

她进门先围着我绕了三圈，上下仔细看了一遍才说：“那天得知你从御驾后头被歹人推下山崖，我急得不得了，给我母家写信，派了家里的丫鬟小厮一起到处寻你，可回话的人说，山崖底下没有寻到你的影子。我虽然担心，却也知道，没有消息便是好消息。如今你平安回来，我悬着的心总算放下了，这么些时日风餐露宿，你在外有没有遇到危险，有没有受伤？”

我挽着她的手臂坐下，宽慰她说：“我就好比那随风摇曳的狗尾巴花，种子撒在哪儿，便把根扎在哪儿，总归是到了哪里都能活，且活得还不错，你不信捏捏我的脸，是不是比从前还圆了一圈？”

她被我逗得一笑：“你啊，我认真担心你，你却当儿戏，我带了家里祖传的伤药，还有化瘀膏，对了对了，这瓶是专门用来祛除疤痕的消痕胶，你要是哪里伤着，千万不能大意，趁着新伤，一定要记得多多涂药，万不可留下伤疤。”

我叫万珠一一收下，看着这么多瓶瓶罐罐惊道：“姐姐莫不是把家里的药房都搬来了？这么些好东西，我就是用到明年都用不完。”

谁知郡主姐姐转身，用帕子挡着脸，使劲“呸呸呸”了三声说：“这些都是伤药，哪里是什么‘好东西’？我只盼着团儿这辈子都用不着才好。”

我晓得郡主姐姐是真心实意心疼我，无以为报，只能把妆台上一大盒珠钗拿出来说：“姐姐也知道，我平日最不耐烦戴这些，正所谓‘宝剑赠英雄’，珠钗送佳人，还是姐姐拿去，才不至于叫这些珠钗蒙尘，无用武之地。”

郡主姐姐叹口气：“你如今做了太子妃，怎么还跟从前一样的脾气？这些珠钗旁人求都求不来，只有你，把金枝当废柴。”

我拾起盒子里一支红梅抱蕊的石榴石金钗，替郡主姐姐别在发髻上说：“‘金枝’当然要配美人，姐姐戴这些花儿朵儿的钗子最合适不过，我便戴些叶儿草儿的钗子，做姐姐身边的陪衬，就心满意足了。”

这话说完，郡主姐姐倒是瞧见了我头上的银杏叶发簪，因而说：“你这支叶儿簪倒是别致，宫中镶金嵌玉的簪子多，这样不加雕饰的簪子却难得一见，是出自哪位师傅的手艺？改日我也要寻他来做一支戴。”

我咳了咳，叫万珠给她倒了一盏茶说：“也不是什么出名的师傅，是我偶然在宫外遇见的，只有一面之缘，再想找恐怕就难了。”

郡主姐姐轻抿一口茶水，润了润嗓子说：“也对，但凡好物，都是可遇而不可求的。”

三 

待这一盏茶喝得差不多时，我才好不容易寻着机会问一声霁王那处的消息。

自从在临清花萼楼前，我与他分别上了两辆马车，这一路风尘仆仆，便再无机缘与他像从前那样坦荡地叙话。后来每每遇见，都是碍于人前，不得不做足“太子妃”与“霁王殿下”的客套功夫，他在人前故作生疏有礼，也是不想贻人口实，给我招来麻烦。

回程的这三日，我走到哪里，就得把帷帽纱幔遮到哪里，身边服侍的更是清一色的女子，但凡男子，连近身的机会都没有，就连梧桐想跟我说句话，都得隔着好几个宫女和一排严实的纱幔才行。

也不知梧桐如今在霁王那处过得如何，习不习惯。

郡主姐姐见我关心霁王，好奇道：“诏哥哥与你一同在民间待了数日，回程时更是寸步不离，他的近况，你怎会不知？”

我有苦说不出，只能做出可怜兮兮的模样说：“他贵为王爷，我又是太子妃，怎能不顾及朝野非议？”

郡主姐姐久居深宫，见多识广，自然一点就透。她惋惜地说：“你如今的身份的确不比从前，只怕除了我，旁的那几位，是不敢再来朝熙宫见你了，嗯，不对，应该说朝熙宫方圆几里，也见不着那几位的影儿了。”

我装作懊恼道：“姐姐还来取笑我。”

她正经清了清嗓子道：“你既然关心诏哥哥，我便把我知道的情形说给你听。他那处，日前积压的公文堆了一桌子，我不好登门打扰，只听说他这回在外头抓了些刺客，保全了一位郎大人的性命，还查获了一起走私兵器的案子，这几件事呈到皇上那里，皇上发了好大一通脾气，直说刺客胆大包天，地方官员贪赃枉法，不将大宋朝堂律法放在眼里。”

这几件事里，我自然知晓霁王的用意，他将查不出幕后主使的那批刺客呈给皇上，是为了敲山震虎，让皇后短期内不敢有所动作。

同时，保全了那位大臣，也算是立了一功，再加上颜洲查获的石陵郡守杜知义走私兵器案，功过相抵，也为他这些时日擅离职守、在外流连寻了个完美借口，皇上便不会对他再做苛责。

只是这些细枝末节，郡主姐姐竟然知道得比我还清楚，我讶然道："姐姐莫非是修了什么千里眼、顺风耳的术法，怎的连皇上是做何反应都知道得一清二楚？"

她敲了敲我的脑袋说："我在宫中这么多年，怎么能不收买几个眼线？何况这些消息我能买到，旁人自然也能想办法买到，不算什么稀奇事。"

我喃喃："做皇上真难，一举一动都落在别人眼里，想躲都没有地方。"

她说："做皇上难，做臣子也难，世上哪有不难的人呢？你呀，别再杞人忧天啦，做好你眼下的'太子妃'，比什么都重要。"

等送走郡主姐姐，我已累得腰酸背痛，急需躺在榻上歇一歇脖子和腿脚。

但，作为"太子妃"重回朝熙宫的第一日，不把往后的规矩立好，只能更易增添烦恼，所以我强撑着头上十斤重的珠翠，端坐在厅中，抬手叫万珠把朝熙宫上上下下洒扫伺候的宫人尽数叫到跟前来。

宫人排成排，身为皇后娘娘眼线的宝珠也在其中。

我端起桌案上的茶盏，摆着十足的架势抿了抿茶汤沫子，闻了闻茶香才说："我入宫之初并未想过在建康宫长住，往日对待朝熙宫人也从来都是放任自流，但今时不同往日，本宫……喀喀喀……"头一回自称"本宫"，真是浑身都不自在，一口茶水险些将我呛着。

小九过来大力拍我的背，替我将气顺过来，我才绷起脸来接着说："本宫，既然被皇上金口玉言封了太子妃，秋闱之时也当着文武百官的面领受宝册金印，便是坐实了太子妃之名，即使如今太子未封，本宫不能名正言顺地搬进东宫，往后在朝熙宫中，规矩也是要重新立一立的。"

宫人们垂手，一副洗耳恭听的模样。

我说："本宫自己也晓得身上'劣迹斑斑'，随便一条拿出来，都能被人编派了不得的罪过，但是你们能做朝熙宫的宫人，便都是耳聪目明之人，定然知道皇上素来站在本宫这边。"

这话只需点到即止，我顿了顿，接着说："本宫这次回来，流言蜚语自然少不了，但本宫觉得，大概没有人敢把这些流言放在台面上说与我听，所以作为朝熙宫人，第一要义，便是不与流言一般见识，任谁在外头嚼舌根，也不许将不该说的话带回朝熙宫里来，更不许叫我听见，我们只当流言全是耳边风，吹过即忘便可，记住了吗？"

宫人们应道："奴婢（奴才）谨记。"

我满意地点点头："你们在我身边的时日也不算短，我自问不曾亏待过你们，今后，若你们晓得一心向我，我便也回以真心，若你们之中，有人吃里爬外，也一定记得藏好自己的狐狸尾巴，我向来是个眼里不容沙子的人，被我揪住尾巴的下场……"

我故意不往下说，后文全靠他们自行想象。

其中就有几名宫人被自己的想象吓到，腿肚子抽筋，止不住地打寒战。

此时便是"恩威并施"的好时机了，我把目光递到小九身上，朝他使个眼色。

小九嘴角一撇，不为所动。

我又把目光瞪得格外凶狠了些，他才不情不愿地从自己怀里掏出一只钱袋子，抖出里头的银子。

我一笑，指着小九说："这位便是我从前的贴身丫头陆小九，今后他在朝熙宫的一应起居，烦劳大家关照一二，本宫初为'太子妃'，亦有许多力不从心之处，也劳烦各位多多帮衬。"说罢示意小九，把他手里的银子赏给宫人，分了个干净。

等做完这些，我实在挪不出多余的精力应对旁的，便好生歇了半日。

用晚膳时，万珠将好几个小瓷瓶拿到我面前说："你睡着时，翊王派人

送了这些金疮药来，还细问了你的近况，他如今不便前来，只说叫我好生照顾你。”

我瞧着桌案上排成两排的各种创伤药，颇忧愁——我不过是流落民间数日，怎的倒好像历了个生死劫？

万珠格外仔细地将翊王的金疮药放在我妆台的匣子里：“团儿你不知，秋闱回来那几日，翊王奉命去寻你和霁王，整整三日不眠不休，差点儿将那座山都翻过来。三日后他回来向皇上复命时，衣袍全被荆棘划破了，我从未见他那样憔悴过，眼圈发乌，下巴上全是胡楂。”

我晓得万珠虽然表面上不得已做了皇后娘娘的眼线，但实际上心系翊王，事事以翊王为先。

我自责道：“都怪我一时任性，叫你们担心。”

万珠摇摇头说：“我虽然担心，但就像郡主说的，没有你的消息便是好消息，我们都信你福大命大，吉人自有天相，便也算是安心地留在宫里等你的消息。真正在外辛苦奔波的是翊王，他花了三日，将你跌落的那片山崖翻完以后，又扩大范围，翻了方圆好几十里，我后来也有数日不曾见他，直到霁王在临清传来你的消息，他才肯带着人马回来。”

未承想他竟会如此。

我这些时日只顾着在外逍遥自在，却牵连了许多人为我操劳奔波，心里实在过意不去，索性起身去院中银杏树下挖了一坛琼花酿，擦干净坛身，又拿笔在封泥红布上写了“多谢”两个字，叫万珠找个办事妥帖的人，替我送到翊王宫里。

料想他收到这坛酒酿，应当能明白我的歉疚和谢意。

院中银杏树叶已被秋风染作金黄色，风拂树叶哗哗作响。

满树金黄里，恰有一片叶子落在我掌中，我拿着那片叶柄出神片刻，就听见原本安静的朝熙宫里，这时辰竟然传来笑语声。

万珠在我身后解疑道：“小九姑娘初来这半日，已经跟咱们宫里的人混熟

了，以前宫人得了封赏，托人带到宫外换成银钱傍身，往往因为不知手中之物价值几何，被宫外识货的人低价收走，谁知今儿小九姑娘一来，当即就能看出宫人手里之物在宫外的市价行情，还叫几个小宫女将东西放一放，说过些时日价格更高，又叫几个内侍将东西尽快出手，说这几日价钱正在高位，过几日就卖不了如今的好价钱了。”

我听罢一笑：“银钱往来的事，他的确在行。”

万珠说：“这不，宫里的事向来是一传十，十传百，小九性子好，待人又热情，才来了半日，不只是咱们朝熙宫，远近几个宫室的宫人，也都带着东西跑来向她取经呢。”

想不到我不过睡了半日的工夫，小九已经白手起家，把生意做得颇像样子了。我都不用去看，就晓得他肯定不做亏本生意，下这样大的功夫替人鉴宝，若不是为了赚钱，也一定是为了收集情报，好比说建立一个严密的后宫情报网一类的，将风吹草动牢牢掌握在自己手中。

毕竟他这个人格外惜命，又恰恰与我相反，虽然在剑法上学艺不精，但精通琴棋书画诗酒茶，八卦的本事更是一流，总归与人打交道的事，交给他做，再合适不过。

我便自顾自拈着我那片银杏叶回房歇着，准备好应对明日的那场大阵仗。

四 

翌日一早，万珠替我收拾妥当，我便要顶着十斤重的珠翠头饰去皇后娘娘的永华宫里做一番晨昏定省的功课，正式拜见皇后、三妃及众位娘娘。

这事别说做，光是想一想就足够让我头痛。

以前我在建康宫里，是个无足轻重的人，晨昏定省这样的事轮不到我做，再加上皇后娘娘大概也不耐烦日日见我，所以我便偷了懒，闷在朝熙宫做缩头乌龟，不用抛头露面。

可现在不同了，我领了金印宝册，有了封号，还是个了不得的封号，宫里多少双眼睛盯着我，半步都不能行差踏错。

这每日的晨昏定省，便是我每日必上的刀山火海。宫中长日无聊，我一向很有自知之明，晓得自己将会成为后妃们打发无聊辰光的调剂品。

永华宫里，皇后娘娘端坐上首，其他三妃分坐两侧，各宫娘娘更是无一缺席。

我依礼朝皇后娘娘一拜：“儿臣拜见母后。”又朝各宫妃嫔再拜：“儿臣拜见各位娘娘。”

明贵妃翘着兰花指，指尖丹蔻点染，更衬得肤色白皙，明眸皓齿，她比皇后娘娘当先一步说：“团儿不用多礼，咱们宫中许久不曾像今日这样热闹，本宫前些日子身子不适，请了几位御医，都说没有法子根治，谁料团儿回宫，本宫的病势竟全好了，大抵是团儿福泽深厚之故。”

建康宫中敢与皇后娘娘争锋的，也唯有霁王的母妃明贵妃了。她今日言语间有意偏向我，方才这看似不经意的三言两语，足以表明她对我的态度。

皇后娘娘适时接过话茬：“贵妃妹妹缠绵病榻之时，思念诏儿之心，本宫也能揣摩一二。奈何诏儿顽劣，流连在外数日不肯回来，倒是苦了本宫的诀儿，一连数日奔波在外，为了替他父皇分忧，人也累瘦了。”

这话一踩一捧，将霁王云诏说成顽劣之辈，却将翊王云诀说成是为皇上分忧的忠臣孝子。

明贵妃一笑，极似霁王的唇角弯出好看的弧度：“诀儿的确辛苦，可惜奔

波数日，却一无所成，倒是诏儿，流落在外，也不忘揪出几个朝廷蛀虫，听说还抓了些刺客，保了郎大人一家老小的性命。但本宫只是一介深宫妇人，自然不懂得朝堂之事，也不知这几桩，算不算为皇上分了忧，又算不算为朝廷立了功呢？”

这对深宫姐妹，斗了小半辈子，一言不合就能针锋相对，嘴皮子功夫个个如臻化境，一旦起了头，不说上小半个时辰怕是不能罢休。

在座众位娘娘都被她二人吸引，她二人也正如两只奓毛的猫，为争地盘互不相让。

可……谁能分神瞧一瞧还在本本分分行着大礼的我啊？

我又做错了什么？

宫中资历最深的瑾妃娘娘终于瞧不过去，提点了一句：“团儿头一回正经来请安，咱们这些长辈，莫要在后辈面前失了分寸。”

皇后这才想起我这桩事，抬了抬手说：“团儿快起来，邱执，赐座。”

邱姑姑叫人搬了把椅子安置在皇后娘娘右手边，这位置太过尊贵，我一时踌躇，不敢贸然去坐。

恰在我踌躇的当口，门外内侍高声禀告：“翊王到——”

我身形一僵，背后那人脚步如风，带起我半边裙角。

他站在我身侧，朝上首的皇后娘娘道：“儿臣给母后请安，给各位娘娘请安。”

这是阔别多日后，我第一次见他，果真如万珠所说，眼圈乌黑，下巴上还挂着胡楂，跟我记忆中那个性子冷傲、白净如玉的少年全然不同。

他向娘娘们请了安，终于把视线落到我这处，嗓音低沉地说：“臣，拜见太子妃。”

我连忙虚扶：“翊王免礼。”

他把视线落在我的手指上。

先前因为跟人打赌抓石头，手上折断了几片指甲，也蹭破了些许皮，所以此时，我这十根手指还是瞧着有些吓人。昨日郡主姐姐来时，我故意紧握着拳头，不想叫她为我担心，但眼下，一时情急去扶翊王，倒忘了掩饰我手指的伤，全叫他看在眼里。

我局促地收了手，垂下长袖，把手指背到身后说："听闻翊王这几日为了本宫的事奔波，本宫还未向翊王当面致谢。"

他眸中情绪被一片墨黑掩住，看着我说："太子妃言重，臣受父皇所托，只不过做了分内之事，太子妃不必言谢。"说罢又朝皇后娘娘抱拳一礼，"儿臣还有公务在身，先行告退。"

皇后娘娘应道："去吧。"

翊王点头，目光再也没有匀给我半分，像来时一样健步如飞，颀长身影片刻间消失于殿外。

我依稀听到旁边有妃嫔议论："我来永华宫多次，从未见过翊王向皇后请安，今日怎么来了？真是稀客。"

另有妃嫔道："皇后与翊王之事，谁能说得清？你这话在我面前说说就罢了，小心别被有心人听去，叫皇后知道了，寻你的错处治你大不敬之罪。"

先前的妃嫔便小声说："姐姐提点的是，妹妹口无遮拦，僭越了。"

议论声此起彼伏，我心道，所谓晨昏定省，便是"你来瞧瞧我的笑话，我再来瞧瞧你的笑话"的这么一场大型集会。

皇后娘娘手里的茶都要放凉了，才终于发话说："本宫今日身子疲乏，便散了吧。"我如蒙大赦，欢欣鼓舞地打算行礼告辞，便听皇后娘娘又道："团儿在外流连多日，本宫实在担忧得紧，你便留下与本宫叙叙话。"

我脚步一顿，眼睁睁看着其他妃嫔衣袂飘飘，不消片刻，纷纷离我而去。

偌大的永华宫，方才还莺莺燕燕，转眼间就剩我自己，孤独地戳在正当中，进也不是，退也不是。

其实来之前我就做足了心理准备，皇后娘娘自然是要刁难我一番的，就算我规矩做得再一丝不苟，她也总要寻个由头杀杀我的威风，给我个下马威才是。

这不，意料之中的下马威说来就来。

五 

皇后娘娘换了个姿势，也换了一盏新茶，品着茶香叹了口气，跟我说：“宫中几位皇子都是出类拔萃的好儿郎，只可惜花无并蒂、此消彼长，东宫一日没有主人，本宫心里便一日不能安宁。”

我万万没想到她今日改了作风，如此直截了当、开门见山。

但我不能顺着她的话自己往她的圈套里钻，因而我说：“皇上正值盛年，福寿绵长，国祚昌永，皇后娘娘此时便不得安宁，恐怕为时尚早。”

她捏在手里的茶盏晃出些许茶汤来，但是她忍功一流，立即克制住了，仍然不失礼数地笑着说：“团儿一贯牙尖嘴利，只可惜本宫年纪大了，少年意气也消磨没了，见多了宫中的昙花一现，更知道，这花儿要想开得长久，便不该生在边石杂草间，只有寻得对靠山，才能有开花结果的那一天。”

这是要……拉拢我的意思?

俗话说，她有张良计，我有过墙梯，既然她会含沙射影，我也会装傻卖乖。

我于是说：“皇后娘娘养花的心得，团儿自愧不如，难怪御园的花儿开得如此灿烂，全因娘娘一双妙手，懂得修剪，才能让那顺着娘娘长的‘开花结果’，不顺着娘娘长的‘叶落根枯’。”

皇后娘娘道：“团儿懂得这道理便好，世间花儿虽然千娇百媚，能长在御园之中的，却屈指可数，团儿如今既然在园中扎了根，便应早做打算，芍药虽好，却终究敌不过牡丹。”

她这是将贵妃比作芍药，自比为牡丹。

我说：“那是自然，御园里的花儿如何争奇斗艳，都比不上国色天香的牡丹，只可惜团儿虽身在御园之中，却只是一棵上不得台面的狗尾巴草，任我如何努力，也开不出花儿来，恐怕要辜负娘娘一番厚望。”

她望着我的目光一寒，终于不再与我兜圈子：“本宫原本不需多费口舌，

奈何诀儿颇看重你，本宫也不愿逆他的意。你若肯选诀儿……”

我打断她，恳切道：“团儿自知性情愚钝，当不得太子妃之任，也入不了娘娘法眼，如何选，亦不是团儿说了算。”

她垂下眼，像是站在高处俯瞰我一般：“你很聪明，只可惜聪明易被聪明误，聪明于你，未必是一件好事。”

我规规矩矩地朝她一拜：“儿臣谢母后提点，日后自当将这句话牢记在心，时时自勉。”

她摆摆手，未再多言。

这大抵是皇后娘娘最后一次探我的口风，过了今日，我与她便站定了各自的阵营，再也不能回头。

虽然在建康宫中树敌，不是我的本意，但既然躲不过去，那便想办法将主动权掌握在自己手里，必要的时候，给予敌人迎头痛击。

第五章 先发制人

一

从永华宫出来，已是日上三竿，我为了一早来请安，早膳都没顾上吃一口，如今消磨半日，更觉饥肠辘辘，正要叫万珠替我备一顿丰盛的早膳，祭一祭我的五脏庙时，就见眼前不知何时站了一个身着鹅黄衫子的宫女，依稀是在等我。

我认得她，是云让哥哥那处的大宫女，黄鹤儿。

她朝我行礼："太子妃娘娘，我家殿下说，碧霄宫的月桂已经开了，新打下来的花瓣，正好够做两盘桂花糖糕。"

我听着"桂花糖糕"四个字，已经要忍不住吞口水，赶忙问："他只说了这两句，没说旁的？"

黄鹤儿一笑："殿下说，只说这两句，娘娘自然明白。"

真是知我者，云让也。

我咽了咽口水，毫不客气地跟黄鹤儿说："前头带路。"

碧霄宫隐匿在树荫深处，还未走近，月桂花香已经绕到鼻端来。

昨日秋风不停，将碧霄宫前铺出了一条花径，我踩着桂花瓣，拖曳的长裙扫着石级，不多时，衣裙上已经沾了许多金黄的花瓣。

云让在长廊那头煮了桂花茶等我，茶香袅袅，浅浅水汽氤氲，衬得他眉眼平添几分温润意。

我只觉身上的长裙碍事，横竖在他宫里，没有外人，也就不用再端着太子妃的架子，索性弯腰把裙尾拾起来，提着裙边跳到他面前，笑着说："云让哥哥，我在宫外时也见了好多桂花树，还曾想念你这里的桂花糖糕，遗憾不能亲自吃上一口，幸而我回来得及时，月桂花还未谢，正赶上最后这茬桂花糖糕，真是人生一大幸事。"

他将我面前的茶盏里斟满热茶："何止是桂花糖糕，我前几日知道你回来，特意命人收了几筐桂花瓣，做了糯米桂花藕、桂花黄林酥。今日你拜见后

妃，许是顾不上用早膳，此时定然饿了吧？”

我满饮了面前那盏茶，点头如捣蒜：“糯米桂花藕在哪儿？还有桂花黄林酥，我晓得来到你这里便不用跟你客气，你快叫小厨房端上来吧，我保准能吃得一粒渣都不剩。”

云让一笑，跟黄鹤儿招招手，黄鹤儿会意，立时就有宫人端了好几碟热腾腾的桂花点心摆在桌案上。我拾起筷子大快朵颐，糯米桂花藕软糯适口，桂花糖糕香甜弹牙，桂花黄林酥更是酥脆入味，每一道都好吃得不得了。

我这厢吃得起劲，云让便不时往我的茶盏里添满新茶。

我吃了一会儿才想起一件了不得的大事，我说：“糟糕，刚才听到黄鹤儿说‘桂花糖糕’，一时激动就直奔你这处来了，可我如今身份与从前不同，贸然来你这处，会不会为你添麻烦？”

须知众位皇子为了避嫌，明面上不能跟我有所往来。

云让添茶的动作一滞，神色如常地说：“我已是残缺之人，注定与皇位无缘，所以无妨。”

他大抵是说他的腿疾。

皇族的古训是，皇位不能传与四体残缺之人。

云让说完这句话，还抬手在我额上轻轻弹了一指，笑说：“愣着做什么，糖糕不好吃吗？”

我把手里那块糖糕吞下肚，摇摇头说：“不是，糖糕很好吃，可……”话到嘴边我竟也卡了壳，明知云让虽容色秀于外，但筋骨暗藏，不需我在此时宽慰他，可……

云让给自己斟了一盏茶，拿杯盖拨着沉浮的茶叶梗说：“团儿无须在意，古语有‘塞翁失马，焉知非福’，父皇的子嗣之中，幼年夭折的便有三个，能在宫中保全性命，已是难得。我自幼文弱些，若不是因为腿疾，恐怕要像霁王和翊王那样苦练一身武艺，还要时不时防着哪里有人放了冷箭，哪里又有人设了埋伏。你也应当知道，他二人到如今，身上的伤也落了不少，相较于他们，

我又何尝不是多得了份自在清静？”

他垂眼说完这番话，才重新看向我：“宫中一贯是这样，表面平静无澜，实则是处幽潭死水，容不得活物。本以为你这一去，是求仁得仁，不会再回来了，但……既然回来，若有哪日在外受了委屈，记得，我这里的宫门随时为你敞着。”

怎的……明明应是我要宽慰他的，他却宽慰起我来。

我说：“从前在宫里，也总是你照拂我多一些，那时我不知你身上的隐情，以为你的腿疾是从娘胎里带来的，后来因缘际会晓得了一些陈年往事，才知是皇后与胡婕妤之争无端牵连了你，你原本也是建康宫中出类拔萃的皇子，全因皇后误你，我多希望当年你出事时，我能在你身边，哪怕只是多个人陪着你，不叫你独自承受也好。”

他还是笑着：“团儿又在说傻话，我出事时，你不过一两岁，若时光真的可以倒流，回到那时，你来陪着我，只怕我会被你吵得整夜睡不着，还不如我独自承受的好。”

这样的时候，他还有心思开我的玩笑。

我背过身擦擦眼角，吸吸鼻子说：“我爹说我幼时格外乖巧，就算真的那时来陪你，也绝不会吵着你睡觉。”

他讨饶道：“是是是，团儿如今也很乖巧，我这里安静惯了，真要是能有个人时时吵着我，才是求之不得。”

我转身看着他，格外认真地说：“今后我在建康宫长住，便日日来烦你，保管在你耳边叽叽喳喳闹个不停，让你再想得清静也难。”

他说：“好，一言为定。”

二

从碧霄宫出来，天色已晚，我估摸着慢悠悠挪回朝熙宫，又到了用午膳的时辰。

我掰着手指想，等用过午膳，稍歇息片刻，又到了去永华宫向皇后娘娘请安的时辰，请过安，与各位娘娘陪坐片刻，日暮便西斜，又到了用晚膳的时辰。

日复一日，周而复始。

我自从回了宫，做回这个劳什子太子妃，每日就好像被人牵了根引线，身子不由自主地跟着这根引线走，半点儿也由不得我自己做主。

原本在临清时，我仰躺在屋檐上优哉游哉看的那一整日云霞日落，今后怕是没有机会再得。

心绪一时低落，又逢着脚步还有一颗小石子，我就格外想踢着石子打发这片刻无聊的辰光。

可，一想到我这太子妃的身份，被人瞧见公然不顾姿仪地踢石子，又要惹人非议，便只得作罢。

万没想到有一日，我竟连踢个石子都不能由着自己的性子。真是呜呼哀哉！

万珠在我身侧替我引路，快要走到一处角门时，忽然停住步子，面色为难地说："团儿，我……"

我也停住步子，奇道："这处好像不是回朝熙宫的路，你带我来此，可是有别的事？"

万珠朝我福身，低声道："翊王殿下的人方才给我传了消息，说殿下会在前头角门那处等你，我见你心绪不宁，便没有寻着合适的机会将此事告诉你，那处角门还有数十步便到了，你若不想见他，我们这便回去吧。"

我握住万珠的手："你我之间何须客套？以后你若有事，大可直截了当地跟我说，不用琢磨我的脸色好不好，时机恰不恰当。我把你当作朋友，可不是当作主仆，就算我哪日真的恼你，生你的气，过不多时也就好了，朋友之间本该如此才对。”

万珠听我如此说，神情好像更加窘迫。

我笑着牵她的手：“既然翊王想见我，那就见一见，你陪我过去吧，免得贻人口实。”

雕花角门处，及人高的木槿花开得极热闹。

翊王果然在那处花下站着，依稀站了有一会儿，肩上还落了片花叶。

万珠停在角门处没有过来，我独自走到翊王身后，拍拍他的肩说：“兄台独倚木槿花，可是在等人？”

他回身，肩上的花叶被墨发拂落，看了我好一会儿，却不说话。

阔别多日，他好像跟从前不大一样，眼底的情绪藏得越发好了，不像原来，目光似箭，带着生人勿近的寒。

好半天，他启口说：“你……”

古语有云，“先发制人，后发制于人”。

他才说了一个“你”字，我就决定“先下手为强”，斩钉截铁道：“我的手没事，就是蹭破些皮，又恰好刚结了痂，所以看着有些瘆人。其实这样的皮外伤，再过十天半月就能好得跟从前没有两样了，你别担心。”

他被我一番抢白，倒也不恼，只认真叮嘱道：“我叫人送去的金疮药，记得每日涂一些。”

我应道：“哦。”

他没好气地说：“除了‘哦’，就没有别的话跟我说？”

我奇道：“分明是你叫万珠找我来的，怎么不是你有话要对我说吗？”

他掩袖咳了咳：“不过是今日忽然得了空闲，所以站在此处打发辰光罢了。”

他这个人，一贯口不对心，明明是想关心我，却还装作不甚在意的样子。

我既然晓得他这个脾气秉性，就不能跟他一般见识。

且我先前流落在外时，他花了好多工夫寻我，做人总不能知恩不报，所以我说：“万珠已经把什么都告诉我了，都怪我一时贪玩，害你在那处山崖寻访数日，我要是一早知道，肯定要派个人给你传信报平安的，如今连累你为我担忧，我心里委实歉疚。”

他绷直的唇角牵出一丝笑意，转而把目光挪到木槿烂漫处说：“其实没有万珠说的那么夸大，我头三天的确认真找了，后来找不到你，便以为你是想到办法脱身了，再后来只是做做样子，就连你的画像，都是应付公事随手画的，半分不像你。”

怎么这一个两个，都想着我这一走就不会再回来了，翊王尤甚，还亲手替我放了水？

我懊恼地说：“原来你根本就没打算找我啊，害我自责了好半天。”

他眸中情绪起伏，化在唇边只是浅淡的笑意。

我说：“不过你做样子也做得太认真了些，眼圈乌黑，还挂着胡楂，不知道的还以为你殚精竭虑地寻我，殊不知，你这么多日，全是躲懒去了。”

他摇摇头说：“前些时日的确公务繁忙，霁王不在宫中，掌管禁卫、守卫宫城之责也暂落在我身上，今日之所以空闲，便是方才把压在身上的担子交还给他。他这些年在宫中，看似醉心风花雪月，实则步步谨小慎微，我亦从未见他如此纵情恣意过。”

翊王说到此处，顿了顿才说：“这些时日，他待你可好？”

三 

我听着前半段时，万万没想到他会在末了问出这样一个问题。

这情形，就好比是一只偷偷贮藏了半窝果子的花鼠，自己知晓果子味甜甘美，就生怕旁人也来觊觎，所以我颇心虚地揉着裙角说："他待人一贯圆融，未曾听闻他待谁不好过。何况我既然平安回来了，你更应该替我忧虑一下我现今的时日，过得好不好。"

翊王便十分听话地认真问我："你现今过得好不好？"

我趁着左右无人，终于能随心所欲踢着一颗小石子，沮丧地说："我要是回答'都好'，就是跟你生分了，实则不好，很不好。你母后执掌凤印，权势滔天，捏死我虽然不像捏死一只蚂蚁那么容易，但想寻个由头整治我还是易如反掌的，我以后的日子实在堪忧，比我初入宫那会儿，有过之而无不及。"

翊王道："父皇一心保你，她不敢轻举妄动。"

我把小石子踢到远处，瞧着它滚了好几滚说："我自然知道皇上待我不薄，可日日提心吊胆地防着她，饭吃不香，觉睡不好，也够令人难受了。"

翊王抬手把我紧皱的眉头抚平，缓声说："她制的毒，我识得大半，也通晓解毒之法，你无须在饮食小事上防着她，只小心别在冠冕堂皇的大事上吃亏便好，若是事有万一，你可吩咐万珠，她自然有办法传递消息给我。"

我仰头看着他，笑说："你这样说，便是许诺要在宫中做我靠山的意思吗？"

他用指腹摸摸我的额头，不置可否地说："你如今，哪还需要我做你的靠山？"

不得不说，翊王是个很有远见的人。

今日一早我才在皇后娘娘那里表明了态度，她就按捺不住，果真在冠冕堂皇的大事上对我下了手。

我回了朝熙宫，觉得耳根子过于清净，不同寻常，细想才恍然："小九

呢，小九去哪儿了？”

宫人回道：“两个时辰前，皇后娘娘身边的邱姑姑来传小九姑娘去永华宫训话，说小九姑娘来自民间，不懂得宫中规矩，需交给管事嬷嬷训诫几日，待规矩学好了，才可放回娘娘身边伺候。”

这话我听懂了，皇后一时半会儿没法拿我开刀，就叫人抓走了小九！

都怪我今日一早出门给皇后娘娘请安，念着小九有赖床的习惯，这样大的场合也怕他出纰漏，才只带了妥当的万珠，将小九独自留在了朝熙宫。

此时我悔不当初，心里焦急，又问那宫人：“小九就这么跟着邱姑姑走了？”

宫人支吾说：“小九姑娘的确跟着邱姑姑走了，不过不多时，听人来传，说小九姑娘在途中突发了羊角风，手脚抽搐、口吐白沫，把邱姑姑吓得不轻，直接叫人将小九姑娘抬到御医院去了。”

竟有此事?

又有一名宫人回道：“奴婢听说，小九姑娘发起病来力大无穷，御医院里一连三五个人都制不住她，后来费了好一番功夫，先将她拿绳子捆了，才拖到榻上。”

我面上做出关心不已的模样，假装急切地说：“小九发病了？这还了得！万珠，快扶我去御医院看看。”实际上心里却被他闹得哭笑不得。

这招突发羊角风，是他惯用的招数。刚到青吾山做我师弟时，他就因为不服师父的管教发了一次“病”，也是这样手脚抽搐、口吐白沫，吓得师父赶忙拈着胡子切脉问诊，才晓得这小子发病的模样全是吓唬人的。

他长这么大，连风寒都没有得过一次，身体底子比一头蛮牛都好。

这回在邱姑姑面前装病，他应当是打探清楚了宫中的势力分布，分析了利害之后，晓得皇后娘娘不是善茬，所以做了趋利避害的应激反应。

只是这“病”要是装不好，被御医诊治出实情来，只怕会被邱姑姑抓住错处，后患无穷。

我一边思考解决之法，一边带着万珠往朝熙宫外走，谁知才迈出朝熙宫

门，就见不远处好几个侍卫抬着小九往我这处送。

小九依然呈“昏迷”状，随在小九身侧的御医背着药箱跑得满头大汗。

我再定睛一看，最前头那名侍卫不是颜洲吗？颜洲怎会这么巧，在御医院解了小九的围？

就在我恍神间，颜洲已经行至近前，朝我抱拳一礼道：“禀太子妃，陆姑娘突发急症，御医已经诊治清楚，此病症不会传染，只需按时服药即可压制。霁王殿下身负宫中守卫之职，特命属下亲自将陆姑娘送回朝熙宫安置，有惊扰娘娘之处，望娘娘见谅。”

听颜洲的意思，此事怎的又牵扯了霁王？

只是这宫门前人来人往，眼线也多，许多事不好细问，我只得朝颜洲道：“多谢颜侍卫送小九回来，待他‘病’好了，我一定叫他亲自登门谢你。”

颜洲看了小九一眼：“陆姑娘无事便好，属下也是奉命行事，不知她如今歇在哪处，属下命人将陆姑娘送进房里安置。”

万珠于是领着那几人到了小九如今的房间里，颜洲亲自将她安置在榻上，才告辞离去。

我坐在小九榻前，给自己倒了杯水说：“闲杂人等都走干净了，你这是闹的哪一出？起来跟我说说。”

小九先是睁开一只眼，瞅瞅四下无人，才把另一只眼也睁开，抚着心口说：“多亏我把宫中内情打探清楚了，关键时刻才能捡回一条命。”

原来御医院中的某位御医大人，暗中听命于霁王，小九想办法找了那位大人诊治，才能瞒天过海，骗过邱姑姑，顺利被颜洲抬回了朝熙宫。

我晓得他在察言观色这一类事上，一向天资过人，却没想到他才来建康宫不到两日，已经上下打点妥当，如鱼得水了。

想我来了宫中数月，还是处处受制，我就觉得当真是“人比人得死，货比货得扔”。

四

小九瞧着我一脸痛心疾首之色，夺过我手里的杯盏也给自己倒了杯水说：“以你的心智，能在宫中活到今日，已经挺不错了。皇后眼里一向不容沙子，素日整治了不少她看不惯的宫娥妃子，我听说那些宫娥妃子或死或疯，全都做得不留痕迹，让皇上想查都没地方可查，才惯得她有恃无恐，做起事来变本加厉。我今日就听闻了一件事，与你有关，想不想知道？”

我的好奇心全然被他勾起来：“何事？快说！”

他有模有样地拈着下巴上并不存在的胡须说：“秋闱狩猎时，你骑的那匹叫红骓的枣红马，因为数次受惊，险些伤了你，是不是？”

我讶然地看着他：“这么久远的事你都能打探得一清二楚，我实在不得不佩服你搜集八卦的本领。”

他颇恨铁不成钢：“我在跟你说正事！听说那匹马是霁王一早选定了赠你的，以霁王的眼光，该不会特意为你选一匹性情阴晴不定、脾气格外暴躁的马吧？所以我有理由怀疑，有人一早知道那匹马要赠你，所以在马上下了功夫，才使它数次受惊，好借此除掉你这个眼中钉。”

这么一想，我只觉背上发寒。

小九又说：“你再仔细回忆回忆，骑马那日可与平日有哪些不同？比如说，突然有谁赠给你一个涂了什么药粉的香囊手帕一类的。”

我只记得那日临行前，郡主姐姐掏出自己身上的护身符赠我，还殷切嘱咐我：“猎场上刀剑无眼，切记要仔细些。”

那时我接过护身符，便挂在脖子上，后来上马，便觉得红骓格外烈性，不光将我抖落在地，还发狂地要拿马蹄子踩我的脸，虽然被我躲闪避过，也到底是拿后腿蹬了我一个大马趴。

若真如小九所说，事有蹊跷，那这蹊跷定然是出在郡主姐姐这枚护身符上。

小九察觉我面上神情不对，凑到我面前说：“怎么，你想起来幕后黑手是谁了？”

我摇摇头：“我虽然知道是谁赠了我那样致命之物，但我却信她并不知情，她赠我护身符，应当是真心担忧我的安危，不是作假，所以幕后黑手，肯定另有其人。”

小九撇嘴：“宫里人心更难揣摩，你凭什么肯定，你说的那个‘她’，就一定不会害你？”

我说：“我虽然心智不如你，可我晓得分辨真情与假意，她待我如何，只有我最清楚。虽然宫里人心叵测，但我既然将她当作朋友，就该全心信任她，否则疑心生暗鬼，岂不是叫有心人钻了空子，鹬蚌相争，渔翁得利？”

小九一哂：“也只有你这样的直肠子，才信什么‘真情’，在我们生意场上，熙熙利来，攘攘利往，从来只有‘利益’二字才最长远，什么‘真情’，再虚无缥缈不过。”

我拿手背敲他脑袋：“胡说，你自从做了我师弟，粗略算算也有十载，我们这般的同门之谊，便是实打实的‘真情’，哪里虚无缥缈？更不是‘利益’二字可以相提并论的。”

他这回难得说不过我，只耸肩道：“你晓得有人曾想害你却没害成便罢了，我既然在宫里，便替你多留心些，不至于叫你‘重蹈覆辙’就是。”

小九这厢自顾自地表着“忠心”，我却没留心他说了什么，只一心想着郡主姐姐亲手赠我的那枚护身符，为何会出纰漏。心里这么想着，嘴上便跟着呢喃：“难道说……”

小九也好奇：“难道说？”

我想通了其中关窍，信心百倍地跟小九说：“是了，我身边既然被人安插了眼线，那她身边，不可能没有别人的眼线，此事一定是有人蓄意借她的手做的，当务之急，我得提醒她万事小心才行。”

午膳过后，我跟宫人交代了一番“小九病重不要打扰”的话，就带着万珠

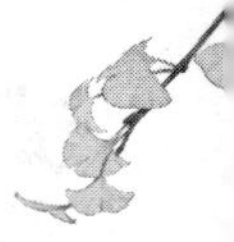

直奔郡主姐姐的紫烟宫。

一盏茶后，四下无人，我将心里的疑问坦然说了，郡主姐姐也吃惊不已。

她说："我身边的大宫女樱珠，是我从自家府上带来的贴身丫头，自幼与我相伴长大，万不可能是旁人的眼线。素日只有她照顾我的饮食起居，除了她，我想不出还有谁能神不知鬼不觉偷换了我那枚贴身放着的护身符。"

我说："你再好好想想，除了贴身照顾你饮食起居的丫头，还有没有……比如说整理紫烟宫床榻被褥的丫头，抑或是服侍你沐浴更衣的丫头？"

她顺着我所说仔细回忆了一番："如此说来，能进出内宫服侍我的宫女个个都有嫌疑，但能偷换我贴身之物，还不叫我察觉的……唯有惯常替我梳洗更衣的宫女宝岚了。"

她说完这话，倒吸一口凉气："宝岚不过才十三岁，论年纪，是我宫里最小的宫女了，我平日也算小心，但念在她年纪小，身世也可怜，总是对她格外关照些，万万想不到，她竟会……"

这番话听着有些莫名的熟悉，我依稀记得万珠跟我说过，皇后娘娘挑选眼线时，向来喜欢不显山不露水的丫头，尤其是年岁小、不经事的为佳，就像我宫里的宝珠，也是年岁最小、入宫最晚、心思最单纯，和如今紫烟宫的宝岚，如出一辙。

这下，我心里有三分明白幕后之人究竟是谁了。

在这宫中，手眼通天，又与我一贯不对付的，除了皇后娘娘，不用做他想。

郡主姐姐紧握着我的手说："团儿，我入宫这些年，从来不敢把心里真实的想法表露出来半分，可夜深人静时，对身边亲近之人，难免会说几句心里话，竟没想到，我如此不设防之时，正是有心人窥伺利用之时，若宝岚真是旁人的眼线，那我岂不是……"

我回握住她的手："姐姐别怕，宝岚心思再深，也不过是个十三岁的丫头，被有心人利用做个眼睛喉舌罢了，何况现在姐姐已经知道了她的底细，只要日后多留心些，是不会如何的。但姐姐切记，千万不要让宝岚察觉什么，最

好是待她跟从前一样，说不准何时，我们还可以用她反将幕后之人一军呢。”

她听了我的话，缓过神来：“团儿，不怕你笑我，如果今日你我易地而处，我若察觉是你赠的护身符害我的马儿发狂受惊，我定然不会像你一样毫不犹豫地倾心信任我。这便是你与旁人不同之处，我能交到你这样的朋友，真当是我的福分。”

我朝她一笑：“姐姐待我也很好，我在家中亦是孤零零一个人，没有兄弟姐妹，如今平白得了一个姐姐，才是真的有福分。”

她将头上的一支珠钗取下来，替我别在发髻上说：“团儿先前赠我一支钗，今日我回赠你一支，这便是你我的结义信物，今后不论贫贱富贵，你我永远都是好姐妹，互相扶持，永不相疑，好不好？”

我识得这支钗，这是郡主姐姐进宫时，她母亲从陪嫁的妆匣里亲手挑的一支赤金点翠飞鸾钗，郡主姐姐向来爱惜得不得了，此时竟眼也不眨地将钗赠了我。

我心中感念，郑重地点头应她：“当然好。”

五

经此一事，我猜想皇后娘娘迟早会寻着机会再对我出手，俗话说“一回生二回熟”，她下次出手时，我究竟能不能全身而退，还是个未知数。

所以，为了自保，也为了保全我身边之人，唯有“先发制人”这一条路可走。

我左思右想，如何才能戳到皇后娘娘痛处？

以我对她的了解，权势上，她位极皇后，一人之下万人之上，应当是没有什么不满意的；子嗣上，她虽然无所出，但过继了翊王这样屡有军功又出众的皇子做自己的儿子，也算圆满。

我实在想不出她这个年纪的女子，坐到如今的位置，还有哪处不够完满，直到小九跟我说了这样一句话，他说：“宫中女子多得像天上繁星，一个比一个美貌动人，且环肥燕瘦，各有千秋，无怪乎古来人人都想做皇帝。不过我敢打保票，后宫这些嫔妃宫女，各自长得什么模样，皇上都不如我知道得清楚。”

他这些时日，在宫中成了香饽饽，人人都争着要他去讲故事逗闷子。

连郡主姐姐都被他讲的宫外趣事迷得不行，隔三岔五就要召唤他去一次紫烟宫解闷。

再后来各宫妃嫔都听上了瘾，他还借着这机会，大饱了一番眼福。

所以他说方才这样自大的话，倒是有底气得很。

只不过他这说者无意，我这听者却豁然开朗：宫中女子多得像繁星，可落在皇后娘娘眼里，便全是跟她争宠的“扫把星”。

试想她一把年纪，非但得不到夫君多少关怀，还要眼睁睁地看着宫里的繁星一闪一闪亮晶晶，换作谁，谁能不气苦？

更何况依我之见，皇上心中还藏着一段无法忘怀的过往，便是宫中禁地里立的那块“玉妃”牌位，和那个求而不得的人。

当日我误闯禁宫，亲眼见过皇后娘娘隔着宫门拗断了指甲，想必在她心

中，这段往事一样难以忘怀。

我此时心中大约有了计较，翊王曾说，皇后娘娘善于制毒，她宫中还设有一处隐蔽的小药房，只是那药房素日只有皇后一人进入，她处事又十分小心，旁人别说是靠近，就连药房设在何处都很难查知。

如果我能探得那药房的虚实，说不准可以顺藤摸瓜寻到皇后的错漏之处，叫她投鼠忌器、自顾不暇。

只是，要探那药房，必须抛出足够的诱饵。

我娘在天之灵，应当不会怪我拿她和皇上的往事做诱饵，引皇后娘娘上钩吧？

当晚我在朝熙宫无人处，为我娘上了一炷香，祈求她保佑我此番行事一切顺利。

香烟袅袅，直上九霄，料想我娘一贯疼惜我，应当不会怪我。

翌日我去了郡主姐姐那处，与她商量了一番对策。

隔日我带着小九，正经到紫烟宫与郡主姐姐叙话，皇后的眼线宝岚自然也在。

郡主姐姐挑了个时机问我："团儿身上的香味真好闻，我在宫中闻惯了脂粉香，从不曾闻过这样清丽的花香，好像是茉莉栀子混在一起的味道，又比这两种花香还要更甜腻些，不知究竟是何香？"

我说："这香名'素簪'，不是宫中之物。从前我娘身上常有这香气，我爹说当年未见其人，先闻其香，已经为我娘神魂颠倒，可见这香味独特，令人闻之难忘。"

郡主姐姐好奇心起："这么说来的确不同寻常，团儿那处可有存余的香料？让我燃在紫烟宫一些，也沾一沾这样好闻的味道。"

我为难地说："此香是我娘在世时制的，存下的已经不多，虽然制香的方子我熟知，但可惜其中两味香引实在难寻，我便借用姐姐这处的笔墨将方子默写下来，若姐姐日后有机缘，配齐了这方子，别忘了分给团儿一些。"

她自然道："好。"唤了宝岚为我准备笔墨纸砚。

我提笔写了好长一篇香料表，其中那两味寻常难得的香引，正是皇后娘娘从前为我配制的那剂毒药中的两味辅料。

此香引皇后那处是一定有的，只看她愿不愿上钩。

郡主姐姐将我写好的香料表递给樱珠，还特意吩咐一声："樱珠，替我好生收在妆匣里。"这话便是为宝岚指路之意。

其后我回朝熙宫，还特意将此事在宝珠面前提了提，晌午郡主姐姐叫人传话来，说放在妆匣里的方子被人动过了，我会意，只等入夜时，好换了夜行衣，去探一探皇后娘娘的虚实。

然而，皇后娘娘也是个沉得住气的，我和小九一连在永华宫屋檐上蹲守了几夜，皇后娘娘都毫无动作。

这夜无功而返时，我特意绕道去了一趟朝晖宫，蹲在霁王的屋檐上吹了好一会儿风。

底下霁王的书房那处还燃着灯烛，烛影摇曳，在他的窗上投出一个模糊的侧影。

难得的是，他旁侧梧桐那处房里同样烛火未熄。

梧桐开着窗，我便在屋檐上瞧见他认真执笔的模样。

这孩子从拜了师父习字起，就格外用功，我瞧得很是欣慰。

那夜回我的朝熙宫时，万珠递了一封梧桐的亲笔信，没想到我才在朝晖宫瞧了他，他便如此有默契地给我写了一封信。

信上夹了一片银杏叶，信中言及他近日拜了一位德高望重的师父，新习了好几本经议策论，又言及师父夸他的字写得比从前进益许多，实则有一半是霁王的功劳，全因霁王每每批阅公文至夜，中途若见梧桐房中烛火未熄，便亲自挽袖提笔教他写几个字，虽然每日只教几个字，但日积月累，进境也可通神。

这篇亲笔信用小字洋洋洒洒写了满篇，信的末尾，是霁王的笔迹，只寥寥五个字："庭梧甚思卿。"

我将手指顿在末尾的那五个字上，指尖摩挲信纸，上头的字瘦长如竹，笔画带钩，似乎写它的人，很是用力，力透纸背。

小九见我恍神，一把将信纸夺过去说：“什么信这么好看？”

我登时一蹦三尺高：“还给我！”

他身量比我高出一头，举着信纸不还不说，还抽空看了一眼，挑眉说：“哦，庭梧甚思卿……”

我踹了他一脚，把信夺回来，他抱臂站在一旁促狭道：“你打算怎么回信？”说完还不忘抬手一撩头发，“要不要，求我帮忙？”

我斜他一眼，将他推出房门，亲自提笔写了一封回信。

我在信上鼓励梧桐再接再厉，也将我这处的近况捎带一提，信的末尾我用粗些的笔十分用力地额外写了三个字：“我亦然。”

又将我头上的银杏叶簪子拔下来，仔细沾了胭脂，将银杏叶的轮廓印在那三个字上。

大抵，他收到我的回信，应当能明白我的意思。

宫中长日漫漫，能叫人高兴的事实在不多，今日这封信大概是场及时雨，将我连日蹲守永华宫的疲累一扫而尽。

明日，我便再接再厉吧。

第六章 团圆夜宴

一

晨起时万珠翻了皇历，我才知晓今日是八月初一——逢每月初一、十五日，循礼，皇上需至皇后处安寝。所以今早请安可以晚去半刻钟，待皇上出了永华宫，前去处理早朝政务之后，再去也不迟。

我和万珠到的时候，皇上刚走不久，永华宫里昨夜燃着的香烛还未撤干净，依稀有一缕极浅的甜香掺杂其中，我才要凝神细闻，邱姑姑已命人大开轩窗，又挪了几盆开得灿烂的白菊瑶台玉凤，将那甜香压了下去。

我心里起疑，想我和小九一连在永华宫屋檐上蹲守数日，都不曾见皇后娘娘夜间外出，白日更不曾听闻她额外去过何处，可是这日，她又的确用了我那张香料表上所写的“素簪”香。

莫非……药房就设在她的寝宫之中？

有了这个发现，我既喜又忧。

喜的是，踏破铁鞋无觅处，得来全不费功夫。

忧的是，她的寝宫日夜都有人重重看守，想溜进去打探虚实着实不易。

但是俗话说，不入虎穴，焉得虎子？这夜，我乔装成一个小宫女，趁着子夜人困马乏时，寻着空隙，钻进了皇后娘娘的寝宫。

寝宫里重重帷幔铺在眼前，月光冷清洒满一室，香烛燃成一绺一绺的烛泪，瑶台玉凤的影儿打在屏风上，花瓣成丝，凝出墨影。

我蹑手蹑脚地往里走，侧间的床榻上，守夜的宫女正在打瞌睡，我闪身躲进一处暗格，仔细打量寝宫的布置。

书房里雕花木架上摆了些瓷瓶、玉石，我挨个摸索着转动，都无甚反应。

房里的摆设一览无余，唯有墙壁上挂着的几幅丹青十分引人注目。

我虽然看不懂这几幅画的名贵之处，但料想以皇后娘娘的审美，怎么也不会无端在房中挂这样几幅长到险些拖地的画，画中或山水或美人，风格各不相同，彼此无甚关联，凑近些看，有一幅美人图的卷轴格外光滑油亮，显然是有

人经常摩挲之故。

我掀起那幅美人图的卷轴，果然在其后瞧见一处窄窄的暗门。

暗门设得十分牢靠，我猜想如果直接用手推开，肯定会触及门后机关，到时候打草惊蛇不说，再想全身而退都难。

幸而我师父将他毕生打老鼠洞设陷阱的本事传授给了我。我凑近那扇暗门，凝神观其形貌，在不易察觉处发现了些许蛛丝马迹，好比哪里的灰积得额外多些，哪里又干净无尘，是有人经常擦拭触碰之处。

就这样一点儿一点儿摸索着，还真被我琢磨出开启暗门之法，门上机关发出轻微的“啪嗒”声，里头的齿轮转动，我将开启暗门的机关校准，拧至恰到好处的角度，暗门轻轻开合，留出仅供一人通行的间隙。

我擦擦额上细汗，将身上衣裙敛起扎在腰间，脚步放缓，闪身钻进暗室中。

暗门在身后合上，眼前顿时失了光，漆黑一片。

我点燃火折子，借着微光往里走了数步，暗室许是设在地下，门后便是一个下坡，越往里走，室内越是阴寒，直到过了一道狭窄的门洞，便见桌案上放着灯烛，待点燃那灯烛，整间暗室的全貌才显露出来。

古朴的桌案上笔墨纸砚一应俱全，案头摆放着数本医书古籍，西边的墙壁上还设了书架，上头卷轴和书册堆得满满当当，细看才不得不感叹，皇后娘娘能在宫中多年屹立不倒，凭借的也是她身上这股刻苦钻研的精神，这许多医书古籍上都有她亲手所做的批注，有的甚至书页泛黄，边角都有破损，显然是被人翻阅了数次。

原来做皇后也是如此劳心费神之事。

我今日才知，天底下所有瞧起来光鲜华贵、举重若轻之人，都在旁人瞧不见的地方，下了这么多寻常人所不能及的功夫。

不过近来皇后娘娘似乎收敛了些，书架上的古籍积了薄薄一层灰，约莫是久未有人翻动过。

我亦翻动得十分小心，怕将书上那层灰尘抖落，叫皇后娘娘察觉。

西边墙壁上这处书架，放置的多是世间万物相生相克、何物与何物同食会有何妨害之书，皇后的批注落在如何害人胎儿一类的地方最多，大约她从前谋害宫中妃嫔，用的大多是书上的法子。

显然皇后娘娘不只是“纸上谈兵”，还晓得亲身实践，将东边墙壁上设了一个药材架，里头琳琅满目，全是鹿茸、熊掌这类的稀罕物，自然麝香、红花这类对胎儿有损的药物也是应有尽有。

我从药材架上就寻到了我写在“素簪”方子上的那两味香引，药材架底下还设了捣药的石臼和熬药的火炉药罐。

南面墙壁上便设了最后一处放置瓶瓶罐罐的架子，里头放置的经由皇后娘娘之手制成的药丸药粉，也是十分齐备。

想不到皇后娘娘竟能神不知鬼不觉地建造出这处“宝地”，且多年来苦心经营，将小小一处暗室整饬得仿佛一个齐整的药材铺。

我猜想她平日对自己这处“得意之作”亦是十分放心，所以里头原样存着她这些年来的累累“功业”，随便哪样拿出来，都能判个了不得的大罪。

其中许多她惯常爱用的毒方，也是由她亲笔誊写，我此时就好像一只灰老鼠钻进了大米缸，目之所及全是宝贝物件，若说让我随便挑走一样，我都不晓得该挑哪一样才好。

但若真的动了这里的陈设，难免会打草惊蛇，我只得速速默记了几个毒方的细则，然后将古籍药材原样摆放好，悄悄离开，以图后策。

二

我晓得皇后娘娘是个十分难缠的对手，仅凭我一己之力，想要扳倒如此一座高山，无异于蚍蜉撼树、痴人说梦。

所以当务之急，便是联合宫中一切可能的力量，待我找到时机将皇后的丑行公之于众时，可以助我一举歼之。

而所有助力之中，最最关键之人，则是云让的母妃馨妃娘娘。

当年皇后娘娘膝下无子，她为保全地位争夺子嗣，联合馨妃娘娘，陷害三皇子的生母胡婕妤，导致胡婕妤含冤身死，三皇子年幼无人照拂，皇后娘娘这才得以过继三皇子到自己膝下。

这桩旧事的可恨之处，非但是皇后娘娘使出这招毒计害得翊王生母早亡，更是皇后娘娘为了陷害胡婕妤“残害皇子”，而生生毁了云让的一双腿，叫他此后一生困在方寸之间不得自由。

如今往事已矣，生者还要继续过活，馨妃娘娘许是自知理亏，从此淡了争宠之心，要不是碍于后妃身份，险些皈依佛门。

听闻她现今整日守在斓月宫里吃斋念佛，再不过问外间红尘事，平日若不是重大宴会，也难见她一面，不知她这般隐忍多年，心中可否还存有一分不平之气？午夜梦回之时，又会不会悔恨当年自己听信皇后娘娘一面之词，将云让置于此般境地？

无论馨妃娘娘愿不愿助我一道揭露皇后娘娘当年的恶行，我都要勉力试上一试。

所以这日午后，一场秋雨扫落满地枯枝残叶之时，我带着小九行至斓月宫，深吸一口气，示意他上前叩响了斓月宫门。

前来接引的宫女领我们到了斓月宫正厅，馨妃娘娘刚刚念罢佛经，身上佛香缭绕，手腕上还挂了一串佛珠，对我和蔼笑着道：“团儿来了，快坐。”

想来她这些年吃斋念佛日久，周身已显出超脱物外之质。

我一时踌躇，不知贸然打扰她清修，算不算唐突。

她叫人备了茶点，又屏退众人，捻着佛珠说："团儿似乎有心事，不妨说出来，我好歹是过来人，虚度光阴四十载，说不准可以为团儿稍作疏解。"

想不到馨妃娘娘与云让的性子竟如出一辙。

我便不再踌躇，坦言说："团儿知晓，娘娘如今勤于礼佛，人也活得通透，红尘之中许多往事应当放下了，本不该旧事重提，但，近日团儿无意间发觉了永华宫中的蹊跷处，或许牵涉当年胡婕妤之事，团儿一时拿不定主意，特来向娘娘请教。"

馨妃捻着佛珠的手一顿，看向我道："前尘往事，我的确早已放下了。团儿初来，我便知你不同寻常，只是后宫到底是永华宫那位的天下，团儿心中有抱负是好事，但如今根基未稳，不宜与她多生冲突。"

她这样说，是提点，也是拒绝。

我自然晓得馨妃娘娘在宫中煎熬了大半辈子，早已心如止水，她拒绝我，是情理之中的事。

我说："娘娘知晓当年事，也知晓云让哥哥经年来所受的委屈，团儿不瞒娘娘，我亦是一个有私心的人，宫中自然是皇后娘娘的天下，我若想好好活着，最好的办法，便是曲意逢迎，事事唯她马首是瞻，但我眼下的处境，哪怕是勉强自己逢迎她，大约也迟了，皇后娘娘已经将我视作异心之人。所以今次我决意揭露当年之事，不只是为了替云让哥哥讨个说法，也是为了肃清皇后的势力，将她的根底刨开，就算不能一举将这棵大树移除，也好歹能将大树的枝叶剪去些，叫她再想'兴风作浪'也难。"

馨妃娘娘不语，我便再为自己争取了一番，我说："云让哥哥实苦，娘娘为了保全他，在外人眼里做出与他不甚亲近的样子，好叫他远离宫中纷争，偏安一隅，得一生平静安宁。可自古情义难两全，娘娘苦着自己为他打算，却不知他身为皇子，不得母妃宠爱，也不得父皇青眼，明明贵为二殿下，却至今仍是皇子头衔，连个正经的王爷封号都未得，就算他如娘娘所愿，一生平安顺遂，可至死也是庸庸碌碌，娘娘可曾问过他，这当真是他想要的吗？"

馨妃娘娘手中的佛珠忽然断了线，珠子撒落一地，发出杂乱的“噼啪”声响，室中却愈显安静。

我说：“娘娘将云让哥哥藏在深宫不起眼处，或许连皇上都险些忘了自己还有这样一个出色的儿子。宫中向来盛行‘拜高踩低’之风，云让哥哥性情宽和不争，这些年来在暗处更是不知受了多少倾轧欺凌，娘娘若为云让哥哥计，便该想方设法为他博一个‘王爷’的名头，哪怕云让哥哥不在乎虚名，好歹也能让宫中诸人明白，他不是不受皇上和娘娘宠爱的儿子，谁人也不能小瞧了他去。”

馨妃娘娘听完我的话，顿了片刻，竟笑了，她说：“团儿不只心中有抱负，更懂得晓我以利害，似乎此事你势在必行，我不答允也不行。”

我说：“团儿只是将心里话说出来罢了，娘娘不需额外做什么，只是到了我起事那日，多为我说几句话便可。”

馨妃娘娘未置可否，我言语已尽，便陪她吃了会儿茶点，告辞离开。

三

虽然宫中能助我之人实多，但我心中既然有了这样的打算，自然也知道皇后在这宫中多年，根深蒂固，地位肯定不易被人撼动，哪怕是同样位高权重的明贵妃娘娘，与她相斗多年，最多也只是与她打成平手，从未压过她半头。

我如今要做的事，无异于虎口拔牙，随时会被猛虎反扑，凶险得很。

所以我更加不能牵涉旁人，不能让他们与我一同涉险。

思及此，我带着小九又去了一趟御园角门处，那处是翊王下朝的必经之路，我本想碰碰运气，未承想真的恰巧遇上了他。

他亦瞧见我，抬手叫亲卫不必跟着，然后独自走到我面前，行了君臣大礼说：“太子妃在此，可是在等臣？”

我回了一礼：“不瞒殿下，本宫不只是在等你，还有要事与你说。”

我俩并肩走了几步，行到不引人注目处，我开门见山地说：“我要在团圆节家宴上，做一件对你母后不利的事，为防牵连你，真到我与她兵戎相见时，你不要意气用事，记得定要站在皇后那边，替她向皇上求情，为你自己争一个孝悌之名。”

我知晓真到那日，揭出翊王生母胡婕妤之死的真相，难保翊王不会一时意气，与皇后娘娘两败俱伤。

我本意并不想要皇后娘娘的性命，只希望能剪断她些许羽翼，叫她今后无暇害我，所以我便提前与翊王交个底，叫他切忌意气用事，更应为自己前程计，到时替皇后娘娘求情，想办法保住皇后的位分，更让皇上对他心生愧疚，更加垂爱才好。

他听完我的话，却没有问我究竟要做什么事，只是担忧道：“你可会有危险？”

我故作轻松地一笑，安慰他道：“不会，我一向很惜命的，没有十足的把握不会贸然行动，你放心好了。”

他说：“你向来主意大，想做的事情便非做不可，我知道拦不住你，但若

你有危险，我会想办法护着你。”

我咂咂嘴：“我便是因为万分不想给你添麻烦，所以才事先知会你的，你若如此说，反倒是我害你为我担忧，我岂不是更加过意不去了？”

他被我这一番弯弯绕绕的说辞抢白得无可奈何，只说：“你若有需要我之处……”

我急急打断他：“有万珠在我身边，我若有需要你之处，定会叫万珠知会你，这下你总该放心了吧？”

话到此处，我偷觑他的神色，分明还是对我方才那句“不会有危险”的话将信将疑。

我也晓得贸然对皇后娘娘出手，多半是九死一生之事，可为了打消他的顾虑，还是搜肠刮肚地跟他说：“我何时与你客气过？不说别的，上回在你宫中浅尝辄止的琼花酿，后来我亦在我宫中私藏了一些，但许是花酿封存的时间尚短，味道远不如你宫里的醇香甘甜，所以今次见了你，我原本还想向你讨一些解馋来着，就是不知，你舍不舍得？”

他拿我没办法，无可奈何地说：“你在宫中待得久了，倒也学会了‘顾左右而言他’，区区琼花酿我怎会不舍得？只是你记着今日的话，若有万一，切记叫万珠知会我。”

我应了一声，碍于宫中人多眼杂，也只能与他叙话这片刻。

待绕过角门，我朝他福身，换回一本正经的神情说：“殿下珍重。”

他亦说：“好。”朝我回以一礼，带着亲卫离去。

小九陪了我这小半日，也憋了许多话无处说，到此时才寻了空隙，跟我说：“小团子，你离开青吾不过半载，所思所虑已经跟从前有了天壤之别，我记得你一贯做事顾头不顾尾，如今竟也晓得做事之前思虑周全，我真是欣慰。”

我长叹一口气：“‘思虑周全’这四个字，说起来容易，做起来难，我也是跟着某个人多待了些时日，耳濡目染，得了他待人处事的一分真传罢了。”

小九玩味地说："'某个人'，不知是哪个人？"

我斜他一眼："你有工夫在这儿耍嘴皮子，不如抽空去看看颜侍卫，他日前颇担心你，还叫人送了好些补品给你，可惜他送的都是女子补身之物，给你也无用，我就替你吃了。"

小九做出一副痛心疾首的模样："'某个人'额外关照你便罢了，竟还派他的亲卫打我的主意，你以为颜洲刻意讨好我是为何？还不是为了套我的话，好打听你的消息啊？"

我敲他的头："谁叫你素日话多，不套你的话套谁的话！"

他愕然："我说你到底是站在哪一边的？"

我龇牙："反正不站在你这边！"

他颇受伤地小声念叨："师父说得不错，果真是女大不中留。"

我原本朝前迈了一半的步子硬生生收回来，回身威胁他说："小九，你敢不敢把刚才的话再说一遍？"

他缩着脖子把唇抿紧，朝我做了个讨饶的手势。

我很满意："你知道师姐我的厉害就好。"

小九碍于人前，只得老老实实跟在我的身后，做受气小宫女的模样，与我一同回朝熙宫。

此时天色将暮，宫中早早燃起灯烛，连廊间华灯初上，远处飞檐斗拱，殿宇重重。

我晓得小九方才那般，是瞧我近日情绪紧张，故意寻了话头逗我开心，我与他笑过闹过，心情自是好了不少，回到朝熙宫之后，也终于能静下心来，把之前在皇后娘娘暗室里默记的那剂毒方摆到案上，根据方子上所写的药材用量，调配了一剂一模一样的毒。

此毒名"无嗅"，曾经被皇后娘娘指使万珠，下在我亲手所做的药膳里。

那碗药膳本是要进献给皇上，幸而后来阴差阳错，落到了我自己肚子里，才没有酿成大祸。

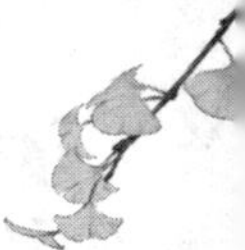

翊王说，皇后娘娘这剂毒，毒发时虽瞧着模样骇人，但只要及时服下解药，于身体无损。

我和小九花了两日时间，入夜时分偷溜进御医房盗药，才能神不知鬼不觉地配齐这一剂毒方，我自然是打算用它在团圆宴上大做一番文章。

待我做足了这番准备，八月十五日，很快便来了。

四

宫中如此规模的大宴，一年不过三五回，所以皇后娘娘自然极为重视。

听闻永华宫那处，一个月前就开始着手筹备，宴上时令果品、菜蔬，席间酒水、汤饮，案上花木、熏香，处处都需皇后娘娘亲自过目安排。

她近日尤其忙，连早晚请安都免了，却对我这处还是极上心，偶尔唤宝珠去永华宫汇报我的近况。我便和小九你来我往地做戏给宝珠看，做出一副每日惫懒的清闲假象。

但真到了团圆节这日，我作为太子妃，还是需隆重准备一番的。晨起时万珠来替我梳妆更衣，胭脂点染朱唇，额上薄贴花钿，头发梳成一丝不苟的流云髻，再斜插许多金玉钗环。

如此盛装之下，我抬手拾起妆台上那支银杏叶簪子，递给万珠说："这支簪子今日也得戴着，你替我别在显眼处，别叫其他钗环抢了它的风头。"

万珠便替我卸下两支金钗，将银杏叶簪子别在最显眼处。

要说万珠就是有这点好，她从来不曾问我这簪子的来历，却细心地日日替我戴着。

今日除了是团圆节，还是民间的秋收节，白日里，皇上带着文武百官与民同庆，到了晚上，皇后娘娘在雅岚殿设的大宴才算是隆重登场。

前朝后宫但凡有位分封号的命妇夫人，悉数到场，皇上也借此宴请百官，所以今日宫中，百官、亲眷、宫人，来来往往热闹不已。

我也是第一回正经以太子妃的身份，与众位命妇一一见礼。

命妇们谨守着规矩，与她们见礼叙话亦是个不轻的体力活。

我顶着几斤重的头饰，端坐上首，座次仅在皇后娘娘之下，一言一行、一举一动都颇引人注目，半分松懈不得，实在辛苦得很。好不容易熬到入夜时分，百官开宴，宫人们端着果品菜蔬鱼贯而入，气氛才算缓和些。

品了大半日的茶，我亦体力不支，再瞧皇后娘娘那般精神矍铄的模样，我

只觉自愧不如。

她作为后宫之主，应付上下如此多的人，节奏拿捏分毫不乱，哪位朝臣亲眷需要关怀，又有哪位需要提点，她都了然于心，言语间或叫人如沐春风，或叫人两股战战、直冒冷汗，我在一旁瞧得，亦是心服口服。

若我与她之间，不是如今的太子妃与皇后娘娘，也没有隔了那么多权势之争、生死之斗，我应当会将她视作人生范本，好生习之。

但她便是她，处事圆滑只是表象，表象之下，手段没有用在正途，而是起了不该有的害人之心，便是大忌，而我为了自保，也为了保住身边之人，只能“以其人之道还治其人之身”。

此时皇上带着百官入席，皇后娘娘亲迎圣驾，赐宴百官。

我乘其不备，将沾了“无嗅”之毒的帕子浸入我面前的酒盏之中。

一切准备就绪，只待最好的时机。

兵法有云，欲擒故纵，“纵”只是手段，“擒”才是目的。

我与小九先前做足了迷惑皇后的假象，到如今，她真以为我是个庸碌草包，也便放下了戒心。何况今日，我一早就在她眼皮底下老老实实坐着，她便更加没有设防。

殊不知，永华宫那处，小九算着时辰用迷迭草引了皇后娘娘的爱猫“豆沙包”，使它发狂。此时雅岚殿的舞姬正翩然转着圈，“豆沙包”突然越众而出，抓伤了好几个舞姬，一跃到了皇后娘娘面前的桌案上，打翻了好几只碗盏。

皇后娘娘确实是好教养，泰山崩于前而色不变，倒是她身后的邱姑姑一声惊呼：“快来人，制住这孽畜！”

话音刚落，又有数只发了狂的猫一齐跃上大殿，这些猫儿是近几日在宫外捉来的，原是我料想仅凭一只“豆沙包”难免势孤，如此数只猫儿一齐发作，方能显露此事的蹊跷处。

贵妃娘娘见势起身，朝皇上一礼道：“宫中从未有过如此多猫儿一齐发狂

之事，恐惊扰了皇后娘娘，臣妾既然身负协理之职，理当为皇后娘娘分忧，不知皇上可否能将此事交由臣妾处置？”

皇上面色已是不悦，如此大宴闹了这等笑话，岂非是在文武百官面前出丑？他道：“贵妃便详查此事，一道整饬后宫，朕倒要看看，此等孽畜从何而来！”

贵妃娘娘领命退下，内侍宫人也已在片刻间将猫儿制住。

方才被猫儿吓得四散奔逃的百官亲眷重新入座，大宴重开，舞姬换了新的衣裙重新起舞，仿佛片刻之前的祸乱只是一场错觉。

我也晓得宫中人惯会粉饰太平，不过无妨，且看谁能笑到最后就是了。

眼下皇后娘娘惊疑稍定，目光似有若无地落在我这处，我自顾自夹菜吃，叫人挑不出错处，她也拿我没办法。

宴上群臣起了兴致，闹着行酒令，命妇们莺声燕语，正是最热闹时。

我努力克制，才能将视线始终拘在我自己这方桌案上，不去瞧对面坐着的那个人。

算起来，从临清与他一道回宫之后，我也有多半个月不曾见他。

虽然明知道以我如今的身份，不见他，才是真的为了他好，可数日不见，只从郡主姐姐那里听闻，霁王近日公务繁忙，顾不上吃饭，所以清减许多，颜洲又是个不会劝人的，眼睁睁瞧着他废寝忘食，也无可奈何。

我心里其实焦急，但除了在信中嘱咐他保重身体，也别无他法。

换作从前，我可以一日三餐亲手做了药膳盯着他吃完，也可以二话不说夺了他的公文，叫他不许掌灯熬夜，过了子时必须就寝，可如今的我，连见他一面都不能，何谈其他？

这么一想，我心里也有些苦了，面前的芙蓉鸡顿时味同嚼蜡，我强迫自己吃了些蔬菜垫肚子，只等贵妃娘娘那处查实的消息。

不出半个时辰，贵妃娘娘前来回禀：“皇上，孽畜之事查清了，乃是猫儿误食了迷迭草所致，臣妾派人追着猫儿到了放置迷迭草之处，奇的是……”

她故意顿住不说下文，众人的好奇心被她勾起，视线齐刷刷落在她那处。

我好歹寻着这片刻时机，将目光望向我心心念念的那个人。

霁王亦将目光望向我。

耳边许多嘈杂声、惊叹声，好像全都在这一刻安静下来，他还是朝我笑着，眉眼如初，但分明下巴消瘦了许多，唇色也更白，我瞧着他这副模样，鼻子有些发酸。

他极轻地摇头，告诉我他无事，不必担心。

我碍于人前，只得先把视线收回来。

贵妃娘娘此时道："迷迭草竟是来自皇后娘娘的永华宫，无怪乎娘娘的爱猫'豆沙包'也误食了此草，只是臣妾一时情急，擅自闯了娘娘的宫室，在娘娘寝宫之中，发觉了一处暗室。"

这番话惊得皇后娘娘险些摔了手里的酒盏。

我也适时饮了面前那盏浸了"无嗅"之毒的水酒，先皇后娘娘一步摔了杯盏，在满殿寂静中发出"哐当"一声巨响，重重跌落在地，做出不省人事的模样。

万珠惊呼道："太子妃娘娘，您怎么了？快来人啊，请御医！"

其实"无嗅"毒发，本没有这么快，我只是担忧皇后娘娘做下的那些"旧事"，或许皇上不愿追究，但"太子妃"当众中毒，分量便重了，由不得皇上再睁一只眼闭一只眼。

只不过我以身犯险这件事，事先没有知会任何人，此时我重重跌落在地，众人顿时慌了神。

纷至沓来的脚步声落在我耳际，有一个人紧紧抱起我，朝上首的皇上道："事出突然，儿臣先行护送太子妃回朝熙宫。"

是霁王。

我双目紧闭，把头靠在他肩上，避开众人视线，轻声跟他说："别担心。"

他是何等聪明的人，立时便明白了我要的小心思，抱着我的手臂只一紧，

脚步却不停，将我送上软轿，依稀在放下我时说了极轻的两个字：“胡闹。”

其实我要与皇后娘娘兵戎相见这件事，一早便在写给霁王的书信里提及了，皇后娘娘的宫室不是一般宫人可以擅闯的，哪怕宫人闯进去，也没有法子严守暗室的门，不叫皇后娘娘的人毁掉里头的书笺证据，所以围剿皇后寝宫之事，还是需劳驾霁王的母妃，明贵妃出马。

只不过霁王只知我打算围剿皇后寝宫，却不知我还为皇后娘娘备下这样一份“大礼”，服下只有皇后娘娘才能制出的“无嗅”毒，便是为皇后娘娘的罪名多添了一笔。

五

霁王放下轿帘，吩咐软轿起行，抬轿的宫人脚步匆忙，将软轿放置在朝熙宫门前，霁王掀开轿帘，又将我抱起，迈过门槛，疾行到我的寝宫，将我妥当置在床榻上。

此时他身后跟了许多宫人，有皇上那处的，有皇后娘娘那处的，依稀也有郡主姐姐和云让哥哥的宫人，个个如临大敌的模样。

御医步履匆匆前来为我诊脉，诊出了中毒之象，霎时也慌了神。

我强撑着一口力气，握住我身旁万珠的手："此毒我曾在皇后娘娘那处见过，皇后娘娘定然知晓解毒之法，你替我去求她赐解药。"

此时小九正在永华宫协助贵妃娘娘，我身边能信赖托付之人唯有万珠，万珠亦是个被我蒙在鼓里的，但好在她素日沉稳，此时回握住我的手说："娘娘放心，奴婢这就去。"

她这一去，前来打探消息的宫人也都随着散去。

挤在我这处的人去了大半，我才好歹瞧见人群之外站着的那个人。

霁王此时就站在我寝宫的屏风之后，烛光照在他身上，在屏风上投出一个模糊的暗影。

他本该避嫌，却到此时还不肯走。

我出声对御医道："那盏水酒我只薄饮了一小口，就算里头真的掺了什么了不得的毒，毒性入体也浅，不会有什么大碍，你大可放心。"

我这话虽是对御医说，实则是说给外间那人听的。

御医回道："娘娘福泽深厚，定然无碍，臣先施针护住娘娘心脉，娘娘且宽心。"

我忍着腹中绞痛，语声纹丝不乱地说："有劳御医。"

御医叹了口气，轻轻拿帕子为我抹去额上的冷汗，继而施针。

外间那人又等了好一会儿，待御医施完针，开方拿药时，才随着御医一同离去。

我身侧侍奉的宫女，十分勤勉地替我拧了湿帕子擦汗，我安稳地躺在床榻上，猜想雅岚殿中，只怕与我现今安静的朝熙宫是全然不同的光景。

可惜我无缘亲眼一见，只在后来宫人的回禀中，大约拼凑出当日雅岚殿上的情形。

听闻，霁王护送我回朝熙宫之时，贵妃娘娘命人封锁了永华宫，又将暗室中皇后娘娘亲笔所写的书笺转呈给皇上。

皇上看了书笺未发一言，只说今日身子疲乏，团圆宴便作罢。

百官奉命离去，殿上一片狼藉。

皇后娘娘自然喊冤，此时万珠回禀皇上："御医诊断太子妃娘娘是中毒之症，娘娘亲口所言，曾在皇后娘娘宫中见过那毒，皇后娘娘定然知晓解毒之法，求皇后娘娘赐解药。"

皇后百口莫辩，贵妃娘娘又派人在暗室中寻到了"无嗅"毒方交给皇上和御医，皇上肃目看着皇后："你还有什么话好说？"

这最关键处，皇后还未言语，馨妃娘娘倒先认了罪，馨妃说："臣妾有罪，请皇上容臣妾细禀。"因而牵扯出当年二皇子腿疾的真相，也牵扯出当年胡婕妤之死的冤情。

皇上勃然大怒，加之贵妃娘娘多年与皇后相斗，也搜罗了些不大不小的罪证，此时拿出来添柴加火，皇上一时急怒，就要处置了皇后娘娘。

幸而翊王求情，皇上念翊王忠孝，暂将皇后禁足于永华宫，容后发落。

我这处，宫人回禀的寥寥数语，道不出当时情形的万分之一。

听闻馨妃也在皇上面前凄凄切切地陈情，贵妃此时自然是偏帮馨妃的，使得皇后的恶行在两厢对比之下越发让人无法饶恕。

此事比我预想中还要顺利，三日后，皇上为安抚馨妃，封云让哥哥为祈王，而翊王在皇上心中落下一个忠孝的好印象，且没有被皇后之事牵连，也算是一举两得。

唯有我多吃了些苦头，腹痛数个时辰，换来皇上亲临垂问。

皇上关切地说："团儿服了药，可好些了？"

我在屏风后气息奄奄地回禀："团儿无碍了，皇上千万不要将此事迁怒旁人，是团儿不小心，误食了不该吃的，才伤了脾胃，落了急症，如今服了御医开的药，调理两天便可大好。"

皇上顿了顿，只说："好孩子，朕心里有数。"

那日我目送皇上离去，小九趁势端了一大碗师门秘制的补药，硬要逼着我喝。

这补药里腥膻之物尤其多，我捏着鼻子吞了两口，实在忍耐不了，求饶说："好九儿，我只是喝了小小一口水酒，哪里用得着进这么大补的汤药？依我看，你近日操劳，形容枯槁，还是你来喝为好。"

他打掉我的手："你少来，当日你制'无嗅'的时候是怎么跟我说的？你说你是仰慕皇后娘娘制毒的本事，特意调配一剂过过手瘾，可你非但把'无嗅'私藏了，还把我支开，自己偷着吃了！"

我自然知晓小九是因为担心我，所以才格外气恼，只得闷头把他手里那碗补药尽数喝了，一边翻过空空如也的碗底给他看，一边讨饶道："好了好了，我知道利害，下次绝对不敢再瞒着你行事了，这总行了吧？"

他接过那只碗，一扭腰肢一跺脚，威胁我说："你还想有下次？"

我被他这十足的少女之姿逗乐了，赔着笑脸说："好好好，没有下次，如今皇后娘娘已是'泥菩萨过江，自身难保'，一时半会儿肯定空不出手来对付我，就算我想有下次，也难了。"

而我说这话时，还不晓得，因果循环，报应不爽，我才从虎口里拔了几颗牙，就有旁的豹子看不下去，也要来掺和一脚。

我的后宫之路，注定是没法平坦了，呜呼哀哉。

第七章 公主来朝

皇后禁足，褫夺凤印，后宫事务暂时交由贵妃娘娘代为打理。

原先皇后在时，霁王为了不被她抓住错处，谨守规矩不来见我，如今贵妃娘娘执掌后宫，他行事也可自在随心些，隔日就带了梧桐，光明正大地递了拜帖前来探我的病。

我其实服了解药，早已无碍，但为了做足样子，这几日还是一直待在榻上未曾下地。

听闻宫人来报，说霁王殿下到访，我又惊又喜，实在按捺不住，立刻就叫万珠服侍我梳洗更衣。

因是在朝熙宫中，见的又是旧识，打扮便无须多么隆重，我换了常服，头上只绾了小小一个发髻，便迫不及待地跑去前厅见客了。

梧桐这半个月工夫不见，身量结实了许多，想必是朝晖宫的伙食还不错。

反观霁王，就比先前消瘦了些，腰上束带更细了半分，恰好厅中有风，吹起广袖，便觉他更平添了一分弱不胜衣的味道。

人都说“近乡情怯”，我没见他时，盼着望着，真见了他，反倒不知该如何是好。

他此时背着身在厅中赏花，手里不知何时多了把玉骨折扇，细长手指翻着扇柄，有一搭没一搭地敲着掌心。

梧桐第一个瞧见我，高兴得险些蹦起来，直呼：“师父！终于见到你啦！”

霁王便回身，及腰墨发扫在肩上，一双黑眸望着我，却不说话，只那么望着我。

我便先生了怯意，走到他面前说：“你想怪我就直说，我晓得自己是行事任性了些，可是我若提前知会你，你定要拦着，与其……倒不如……嗯……”我说着说着，自己先怯了场。

他垂眼看着我：“你倒是挺有主见的嘛，怎么不说了？与其什么，倒不如

什么？”

一旁的梧桐这才察觉气氛有些不大对劲儿，也跟我一样缩着脖子噤若寒蝉。

我们师徒俩就是这种时候最有默契，从来晓得“遇强则弱，以弱胜强”的道理。

霁王瞧我这般模样，果真也不忍心苛责了，语声和缓了些说：“你身上的毒可清干净了？御医怎么说？几时能大好？”

这问题我能答，我信心满满地说：“寻常小毒嘛，你不用放在心上，其实那日我自己也备下了解药，万一皇后娘娘不肯救我，我也能自救，我这人向来不做亏本买卖，没有把握的事尤其不会做，你大可放心。”

他拿折扇轻轻敲了敲我的脑袋，说：“哦？你的确有把握得很，晓得事先等在三弟下朝的路上提点三弟，却忘了知会本王？”

“这个嘛……”我心虚地咳了咳，“翊王到底待我不薄，皇后娘娘犯的错，总不能殃及池鱼吧……”

他道：“说得好，三弟不该被殃及，我便是欠了你的。”

我也不知他好端端的为何事气恼，只得揉着自己的衣角，踌躇地说：“我和翊王如今都无事，你更是能置身事外，看皇后作茧自缚。我觉得这买卖很划得来，里外都是我赚了才对。”

他叹口气：“早知我是‘对牛弹琴’，罢了。”

梧桐拽拽我的袖子，小声说：“师伯这是气你胳膊肘往外拐，帮着外人。”

我纳罕：“外人？”

梧桐朝我使眼色：“就是师伯说的那个什么三弟嘛。”

我恍然，走到霁王面前说：“其实我那日提点翊王，也只是稍提了一句叫他在团圆宴上不要意气用事，切记要替皇后娘娘求情，没有多说旁的，他更是连我究竟要做什么都不知。皇后娘娘毕竟是他的母妃，我怎么敢跟他吐露实情？更何况在这宫中，除了你，我也不敢相信旁人。”

霁王自顾自敲着手里的折扇，依稀面色稍缓，只说：“怪不得他不曾拦着你。”

我见他心情似乎好些了，便殷勤地亲手为他斟满茶说：“你好不容易才能来朝熙宫见我一面，怎么句句不离翊王？先前我将服毒的事瞒着你，是我不对，你既然训了我，也消了气，那便轮到我来训你了，你可听好。”

我格外认真地说：“我听闻你近日废寝忘食地处理公务，连颜洲都劝不了你，你大约近日都不曾仔细照过镜子吧？我与你流落民间那几日，食不果腹时，都不曾见你像今日这么消瘦过，你若再不肯好好吃饭好好睡觉，我便要想办法惩治你了。”

我说得这样情真意切，可他分明不将我的话放在心上，甚至有闲暇追问我：“本王便是不听你的，你打算如何惩治本王？”

但凡他像这样挑着眉毛笑得像只狐狸之时，都叫我恨得格外牙痒。

我说：“你若当真不听，我也没旁的办法，大不了就叫颜洲不要再递你的书信给我了，免得我看了忧心，还无可奈何。”

他笑道：“你可听过‘掩耳盗铃’的故事？倘若你不看我的书信，便能安心了？”

我气鼓鼓道：“不只是不看你的书信，还要将你留在我这处的东西全都打发了宫人，好比说我头上这支簪子，郡主姐姐就很喜欢，说不准我要是不高兴了，睹物更忧心，索性把簪子送给郡主姐姐，眼不见心不烦。”

他笃定：“本王不信你舍得。”

我作势抬手要把簪子拔下来，他比我更快一步，用折扇拨开我的手说：“好生戴着，我听你的就是。”

我喃喃道：“这还差不多。”

谁料梧桐在一旁捂眼：“师父，徒儿觉得自己在此处实在有些多余，你这里有没有什么园子、书房一类的地方？徒儿想自己出去逛逛，不打扰师父和师伯叙话。”

霁王拿折扇敲他的头：“庭梧，你今日似乎还未习字，莫非是想自罚誊抄

《诗三百》一遍？”

梧桐仿佛受了惊吓：“师伯，《诗三百》足有三百一十一篇，誊抄一遍，我的手腕都要磨断了！”

我笑说：“你师伯是吓唬你的，你近日字写得颇有进益，为师读你的书信越发觉得心旷神怡，你便从《诗三百》里誊抄一篇你最喜欢的，下回叫人捎给为师看。”

梧桐抱拳：“徒儿遵命。”

我摸摸他的脑袋，原先记得他的身量只到我肩下，如今好像与我的肩膀齐高，这孩子被霁王养得越发身姿挺拔，眉宇间也显出俊朗气概，大约长大了，也是一个极出挑的少年郎。

总归把梧桐放在霁王那处，我是极放心的。

二 

后来“养病”期间，翊王有回借着万珠之便，请我到“老地方”当面言谢。

角门处木槿花已经开到尽处，落了满地朱红。

翊王还是早早地到了，静立在花墙下等我。

我直言说：“当日之事，没有牵连你便是万幸，怎能要你言谢？”

他说：“母妃多年冤屈终于昭雪，自然要谢你。”

他口中所说的“母妃”，是指胡婕妤。

如此说来，我便坦然将他的谢意领受了。

他好像颇感怀，沉声说：“她当年若没有生下我这个儿子，或许不会遭逢大祸，我能猜到，她后来肯在冷宫之中自缢，定是皇后许给她会好生待我，助我谋夺天下一类的话。”

原来在翊王心里，他母妃的死，全然是受他拖累。

我劝慰他说：“你怎能如此想？在这件事上，你母妃没有错，你更加没有错，错的是皇后娘娘。是皇后娘娘起了贪念，乘人之危，你母妃不过是做了当时当日最有利的选择，她若拼着一口气与皇后娘娘鱼死网破，你不只失了母妃，还失了皇后娘娘对你的眷顾，于她于你，都没有益处。”

翊王点头道：“是啊，人生在世，便是不断做着‘当时当日最有利的选择’，就像我明知皇后与我有杀母之仇，却还是亲口为她向父皇求情，想方设法保住她皇后的位分。你说，我母妃若是泉下有知，该如何唾弃我？”

他今日好像有些不同寻常，话格外多些，心绪也格外乱。

我凑近闻了闻，他身上有掩不住的酒气，想来，自团圆宴之后，他便自责自伤至今。

我原本想着，让他替皇后求情，保住皇后的位分，便能将对他的伤害降到最低。可如今看来，强迫他做了看似最有利的选择，实则违背他的本心，到底还是伤了他。

我说：“云诀，你本不是借酒浇愁、消极逃避之人，你心里有苦楚无法排解，我可以给你三日，便喝个痛快，但三日之后，你必须振作起来，你母妃若真的泉下有知，只会盼着你好，怎会责怪你、唾弃你呢？”

他眸光微闪：“花团，我心里的苦楚积攒了十数年，岂是一朝一夕可以排解的？”

我叹口气，回身叫万珠把我宫中的琼花酿都挖出来送到翊王处，然后我拍拍翊王的肩说：“作为兄弟，我不能代替你受苦，至少也该陪着你排解一二，今晚你屏退了宫人，便在你宫里的海棠树下沽酒以待，我与你不醉不归。”

他极诧异：“你……”

我说：“我也晓得我如今身份特殊，做这样任性的事，容易授人以柄，但兄弟有难，怎能不帮？我会小心些，换了夜行衣从房梁上掠过去，不叫人看见就是了。”

他原本蹙着的眉头舒展了些：“你有这份心意，已经足矣，如今贵妃代掌后宫事务，叫她发觉，恐怕于你不利。作为兄弟，我也应当为你思虑周全，你放心，得了你的琼花酿，我亦会振作。”

听他这样说，我悬着的心好歹放下些，但还是嘱咐他道：“不论何时，你若觉得一个人饮酒无趣，便叫万珠知会我，我定陪君醉一场。”

他说：“好。”

其后两日，待我这场大“病”痊愈，终于恢复了往日自由。

朝熙宫门大开之后，头一件大事，便是要恭贺祈王封王之喜。

祈，有陷于困境而求福之意，亦有饱含希望之意。

皇上赐给几位皇子的封号，寓意都极佳，这个“祈”字，送给云让哥哥，再合适不过。

我叫万珠备了薄礼，亲自到云让哥哥那处道贺。

碧霄宫原本建在深宫不起眼处，宫室两旁林木森森，将碧霄宫掩映其中，更添三分静谧。

如今云让哥哥封王，重得圣心，宫中人又惯会锦上添花，这数日过去，到我来时，碧霄宫已与往日大不相同。

道旁林木被人着意修剪过，又移栽了好些时令花木，一派生机盎然之景。

宫门重新刷了朱漆，门上铜环擦得锃亮，就连门牌上“碧霄宫”这三个字，都是后来御笔亲书，又叫人刻了匾额挂上的。

云让哥哥如今的身份不比以往，连带着碧霄宫人也跟着换了新装。

我从前来时，宫门虚掩，径直推门便入，无须宫人候门，今日远远就有宫人迎出来，又有宫人进门通传，架势摆得十足，可见素日前来拜谒之人实多。

这回是黄鹤儿得了消息亲自出门迎我，她说：“殿下知晓太子妃娘娘驾到，特意吩咐奴婢前来恭迎。”

我说：“他要你‘恭迎’，是不得不做给旁人看的功夫，可不是要你如此见外。”

黄鹤儿抿唇一笑：“娘娘说笑，这会儿良缘郡主也在前厅，娘娘请随奴婢来。”

我听得一喜，没想到郡主姐姐也在。

三

黄鹤儿引着我一路穿廊过厅，绕过几树月桂，便见云让哥哥正在前厅煎茶。

碧霄宫中处处是新修葺过的，连这煎茶用的桌案茶具都是新置的，我打趣说：“团儿病了几日，竟好比晋人王质，烂柯而不知。”

郡主姐姐听得一头雾水：“晋人王质是谁？我怎么不曾听过‘烂柯’的典故？团儿既然有一肚子好故事，还不快说来听听。”

她这几日听小九讲故事听得上了瘾，我这故事不知道合不合她的口味。

所谓“烂柯”，便是指腐烂的木斧。

民间古籍有载：“晋时王质伐木至，见童子数人棋而歌，质因听之。童子以一物与质，如枣核，质含之而不觉饥。俄顷，质起视，斧柯尽烂。既归，无复时人。”

我给郡主姐姐解疑：“相传，晋人王质砍柴途中，路遇两童子下棋，一时好奇便驻足观摩。童子察觉以后，十分慷慨地掏出一粒枣核大小的药丸送给他吃。哪承想王质吞下药丸，竟不觉得腹中饥饿，又观摩了好一会儿才起身告辞。此时他看着自己手里的木斧，竟发觉那木头的斧柄已经完全腐烂了，等他再回到家中，才知世间已过百年，与他同代之人都已亡故。他观摩的这一局棋，于他只是片刻，于世间却是百年，岁月流逝、人事变迁，莫不如是，这便是‘烂柯’的由来。”

郡主姐姐听得心向往之：“王质遇见的两位童子定是仙童，寻常人能有幸一睹仙局，便是眨眼便过百年，也值了。”

我说：“王质只在山中观摩了一局棋，就‘无复时人’，这‘无复时人’四个字，说得轻巧，可你想，他回到家中，才知父母、兄弟、妻儿皆不在，该是何等情景？这局棋的代价未免太大了些。”

郡主姐姐点头：“团儿说得有理，是我被仙局所惑，想当然了。”

我便不客气地端了云让哥哥亲手沏的新茶，一边喝一边说：“只是一个故

事罢了，姐姐何必认真？我也是瞧着云让哥哥这处与往日大不相同，才一时有感而发。话说回来，我此行，还是要贺云让哥哥封王之喜的，来之前已经猜到你这里近来热闹，不承想竟热闹如斯。”

一旁静静烹茶的云让笑着摇摇头：“往日门庭冷清时不觉得，如今忽然热闹，倒有些不习惯。”

我说：“热闹了有什么不好？你这里花儿草儿打理得比御园还要好，移步换景，曲径通幽，怎能你一人独享？”

郡主姐姐瞧着我说：“我却觉得团儿近日似乎也与从前不同，依我看，你眉间隐有锐气，大抵是近来诸事遂心的缘故。”

她说的约莫是皇后娘娘之事。

我便大方承认：“从前活得谨慎小心，可该来的还是躲不掉，现今看开了，命运还是掌握在自己手里的好。”

郡主姐姐赞赏地说：“团儿初入宫时，稚气未脱，如今真是长大了，已有后宫未来之主的气魄。”

闻言，我一口茶水哽在喉咙里，咳了好半天才说：“姐姐别拿我开玩笑，后宫未来之主这个名头，我可当不得，你是知道的，我天性无拘无束惯了，能在后宫之中待一阵子便好，未来之事，谁能说得准呢？”

若有机缘，我还是会选择离宫而去，只是眼下不得不困于笼中罢了。

郡主姐姐颇惆怅地说：“你一心想往这宫墙之外去，有人却一心要往这宫墙里头来，你大约不知道，吐谷浑使臣不日便要来朝。”

听闻吐谷浑既与北魏接壤，又与大宋毗邻，三国之间自古以来更是有着千丝万缕的联系。

身为乱世之君，便没有哪一个不想着开疆拓土、一统天下的，北魏国君拓跋嗣向来精于军工，野心不小，若叫北魏与吐谷浑联起手来，则大宋危矣。

所以此番吐谷浑使臣来朝，对大宋而言，是件了不得的事。

又听闻吐谷浑此次派遣的使臣之中，还有一位待字闺中的妙龄公主，其名“星甸”。星甸公主既然随着使臣来我大宋，定然不是只为送些国书礼物，而

是存了两国联姻，挑选驸马之意。

郡主姐姐便说："如今咱们宫里，长幼有序，诏哥哥还未婚配，便是第一人选。"

她说到此处，神情更是惆怅三分，将手里一块帕子拧得皱成一团。

我乍然听闻此事，一时也有些恍然，更不知该如何劝慰她才好。

奇的是一旁的云让哥哥，我记着他处事从来宽和宁定，少有此时这样忧心的神情。

他分明有很多话想说，末了还是咽下，只宽慰郡主姐姐道："霁王一向知晓自己想要什么、不想要什么，以他的心智，若有心推拒，便是星甸公主也不能奈他何。"

我依稀看出云让哥哥待郡主姐姐分外不同，方才郡主姐姐为我的故事着迷、向往不已时，他唇角微弯，眸色浅淡，神情也是愉悦的，后来她笑着，他便静静看着，到如今她着恼，他亦为她忧心。

只是郡主姐姐浑然不觉，自顾自揉着帕子说："但愿如你所说。"

四

我这厢才听闻吐谷浑使臣不日来朝的消息，那厢皇后娘娘便解了禁足，重新华服加身。

皇上为此事特意召我到御书房密谈，大意是别国使臣到访，为彰显我大宋国威，不得不将皇后娘娘搬出来应对，否则后宫不稳之象，叫吐谷浑使臣看在眼里，只怕会惹出不必要的麻烦。

我亦晓得以大局为重，自然不会叫皇上为难。

这一日雅岚殿大宴，吐谷浑使臣与宫中贵人悉数到场。

皇后娘娘与三妃陪坐在皇上身侧，几位王爷与使臣分庭抗礼，而星甸公主因与我平辈，便与我分坐在下首两侧的尊位。

桌案相对，只见她满头发辫，头戴金花冠，身穿宝蓝色镶金衣裙，眉目英气十足，又有女子娇媚之态，蓝衣金钿，灿烂耀眼。

其实像星甸公主这样正儿八经、货真价实的公主，与我这样出生就落草的，原本就是天壤之别。

瞧着她，再思及我，只怕这场仗还没开始打，我就先要心虚了。

吐谷浑使臣朝皇上行了大礼说："公主虽以'星'命名，却是我吐谷浑名副其实的'太阳'之女，鄙国国君将公主视为掌上明珠，平日难免娇惯，还望国君切勿见怪。"

皇上笑道："星甸公主颇有乃父之风，不愧是草原第一勇士之女，朕瞧着她英气十足，颇讨人喜欢，往后在我大宋也不必拘束。说起来，我建康风致与吐谷浑不同，公主初来，朕明日便叫人陪着公主四处逛逛，也好领略一番建康风致，让公主不虚此行。"

皇上话到此处，原本只是客套，谁知星甸公主起身，颇不客气地指着霁王说："皇上请恕小女失礼，不知明日可否让这位与我一样穿蓝衣的哥哥，带我领略建康风致？"

她说这话时，眉宇间坦坦荡荡，好像提的只是一个寻常要求。

霁王也未防会在此时被她点了名，身形只一顿，又恢复如常。

满殿视线齐齐落在他二人身上，使臣吓了一跳，连忙起身说："公主年幼顽劣，国君切勿怪罪。"

皇上摆摆手："张大人无须多礼，公主心直口快，朕倒是颇喜欢。"他转而又对星甸公主道："你口中所说的这位'哥哥'，便是朕的长子云诏，朕这几日让诏儿代朕好生招待公主，若公主哪里受了委屈，便跟朕说，朕一定为你做主。"

星甸公主于是笑逐颜开："小女谢过国君。"

我在一旁默默听着，面上偏还要同她一样做出喜色来。

皇上肯命霁王亲自陪同星甸公主吃喝玩乐，足以看出对她的重视。

若是……公主当真对霁王青眼有加……

我垂头自顾自夹了只绿菜心放在碗碟里，瞧着满桌美味佳肴，顿时失了兴致。

这一顿大宴过后，我这处还跟往常一样清闲，霁王那处却越发忙碌。

吐谷浑盛产马匹、铁器，铸造兵器的技艺更是不可小觑，今后宋与魏若开战，吐谷浑的助力十分关键，所以霁王白日陪星甸公主四处游玩，夜间回了朝晖宫，还要处置落下的公务，两头操劳，眼圈都熬得通红。

他原本答应我要好好吃饭、好好睡觉的话，更是成了耳旁风。

我本来气恼，可念在非他本意，还是叫小九替我送了一盅滋补汤给他。

谁料小九回来时，汤盅竟然原封未动。

我奇道："发生了何事？"

小九将汤盅置在案上说："你肯定想不到，都到了这个时辰，宫门也早已下钥，霁王竟然陪着公主去了栖霞山狩猎，至晚不归，怕是要在宫外留宿了。"

我听完小九的话，颇冷淡地"哦"了一声。

小九倒是比我还着急："你到底有没有听见我在说什么？"

我把案上的汤盅打开，拾起汤匙递给小九说：“他既然无暇吃，你便吃了吧，这盅汤我盯着火熬了两三个时辰，不吃实在浪费。”

小九说：“都到这时候了，你还顾得上这盅汤？我可跟你说，前日我出门时，恰好遇见他身边那位颜侍卫，为了你，我可是耐着性子跟颜侍卫打探了他近日的消息，你也不算算，他有几日未曾写信给你了，你当真不想知道这些时日他在外都做了什么事？”

我其实……不是不想知道，而是不敢知道。

小九不是女儿家，哪知道女儿家的别扭心思？

他见我沉默不语，做出一副“怒其不争”的模样说：“星甸公主的品行我是不知，但霁王此人，做起表面功夫来，细致入微、春风化雨，难保不叫星甸公主会错了意，承错了情。我是听闻公主此来，最大的目的是选婿，纵观皇上诸子，二皇子身有不便，大约入不了公主的眼；三皇子近日受皇后之事拖累，形容颇憔悴，从前的风姿也只余下三五分，加之年纪尚小，约莫也不是公主良配。这数来数去，最合乎情理的驸马人选是谁，不用我说你也能猜到。”

我说：“我当然能猜到，可是猜到了又能如何？两国如果缔结姻亲之好，是有百利无一害的事，皇上也乐见其成，我身为小小的‘太子妃’，又有什么立场拦着呢？”

小九看着我，好像能看透我的心事一样说：“你虽然嘴硬，但是旁人不知，我难道还不知你？你现在许是有八成信心，觉得霁王不会做什么出格之事，但若是我将他近日的行踪仔细说给你听，恐怕你就不是现在这样淡然端方的模样了，大约，会立刻提着十丈软红出宫与他打一架。”

他这样说，便是直戳我的命门，我颇不在意地说：“那你便说来听听。”

五 

小九清了清嗓子："建康城风物，你大约也熟知一二，吃喝玩乐，最要紧的便是一个'吃'字。听颜洲说，城中数得上前三的酒楼，他二人挨个去了一趟，好比说我汇云楼的酥骨鸡、天香楼的翡翠云盅，还有聚贤楼的桂花八宝鸭一类的，更是品了个遍。大约公主从前在草原上，吃惯了烤羊腿、牛乳羹，乍然换了口味，便贪新鲜，连市集上的糖葫芦、桂花糕都没放过，单从口腹之欲这一条上来说，与你倒是不遑多让。"

我听得不由握紧了拳，还是硬着头皮道："你继续说。"

小九便咂咂嘴："再来，便说到这'玩乐'，听闻公主善骑射，出行更是从不肯坐马车，霁王便陪着她并辔纵马，日日穿行于市井之间，偶尔兴致来了，还一同弯弓搭箭，比比'百步穿杨'的身手，又为了博公主一笑，故意将箭射偏，为此输了好些彩头，听闻其中，就有他贴身的一枚麒麟玉佩。"

话到此处，我深吸一口气，跟小九说："够了，这些事，我觉得我还是少知道为好。你说得对，我现在这样淡然端方的模样都是假的，万一你再说下去，我当真提着十丈软红冲出宫门就不好了，要么你还是先把这盅汤喝了，容我自己静一静。"

我嘴上这样说着，实际上根本静不下来，这天霁王彻夜未归，我便坐在霁王的朝晖宫房顶上吹了小半夜的风。

秋暮时分寒夜渐凉，前半夜我坐得久了更觉周身寒意袭人，索性翻身跃回朝熙宫，从后厨搬出一块磨刀石，就着后半夜的漫天星辰，好好磨了磨我那久未开刃的十丈软红剑。

中途小九起夜，披着裙衫，揉着惺忪睡眼，瞧见我独坐院中磨剑，受了好大的惊吓。

他说："小团子你没事吧？我记得你上回半夜起来磨剑，还是十年前，那次我嘲笑你绣的鸳鸯像大鹅，后来你背着剑独战群鹅，把方圆十里的大鹅吓得看见你就躲。噫，往事说起来我都瘆得慌，你可别吓我。"

我斜他一眼："你放心，我好得很。"然后把磨得铿光瓦亮的十丈软红收起，打了个呵欠径自回房睡了。

第二日我早早梳洗更衣，独自等在星甸公主回宫的必经之路上。

星甸公主骑着高头大马远远行来，皇上特许她进宫无须下马，她便当真骑着马儿招摇过市。

宫人瞧见她，纷纷让行，偏偏我是那个例外。

我就这么一动不动地站在夹道正当中，她在距我仅有一步之遥时勒马止步，坐在马上朝我抱拳道："太子妃娘娘无故站在此处，莫要被我的马儿伤了才好。"

我笑得分外和煦："并非本宫'无故'站在此处，实则本宫今早特意来此等你，等到这会儿日上中天，总算等到你来，不知公主可有闲暇，下马与本宫叙话。"

我故意将"下马"两个字咬得重了些，星甸公主却不甚在意，依旧坐在马上说："本公主昨夜狩猎劳累，这会儿不巧，没有闲暇，请太子妃娘娘让行。"

我也不与她计较，还是笑着说："的确不巧，本宫站在这处等你良久，这会儿才觉得腿脚不大听使唤，恐怕一时半会儿挪不了步，劳烦公主等上一等。"

她见我如此说，知晓我今日是执意与她为难，便下马道："不知太子妃娘娘有何事与我说？我吐谷浑王城没有大宋这些烦琐的规矩，若我哪处做得不妥，得罪了娘娘，请娘娘恕罪。"

她嘴上说着"恕罪"的话，神情却还是高傲十足的。

我便也直截了当地说："其实没有旁的，只是听闻公主骑射俱佳，便一时技痒，想与公主比上一比，不知公主可否赏光。"

她抬眼瞧我："太子妃娘娘身份尊贵，若比输了，恐怕不好。"

我说："公主似乎犯了轻敌的大忌，莫非是因为近日霁王每每让着你，便

给了你‘大宋无人’的错觉？”

这招激将法果然十分受用，星甸公主立时便说：“比一比也无妨，你打算拿什么做彩头？”

我拔下头上的银杏叶发簪说：“若我输了，便将这枚发簪赠你，若你输了，日前从霁王那处赢来的麒麟玉佩便赠我，如何？”

她倒是爽快：“好，就依你。”

正是午歇时分，御园里没有旁人。

我知晓此处常备灰雁，便与星甸公主各自拿了十支羽箭，吩咐宫人开笼放雁，与她约定“谁射下的灰雁数量多，便算谁赢”。

此番比试，我为主，星甸公主为客，便由她先来。

只听一声令下，灰雁出笼，精神抖擞地四散飞去，星甸公主娴熟地弯弓搭箭，十支羽箭渐次射出，每一支箭射出的距离之间都间隔三寸，不急不缓，节奏拿捏得十分精准。

灰雁应声落地，十支羽箭十只雁，一只不多，一只不少。

我赞道：“公主当真好箭法。”

她挑眉看着我，自得地说：“太子妃娘娘过奖，请。”

我便也不客气，当着她的面，先将十支羽箭的箭尖折去，而后弯弓搭箭。

她面露诧异，羽箭没了箭尖，自然不能穿透空中灰雁的翎羽，将之射落，只是我与她比的，本就不是箭术。

我提气将周身内力蕴于指间，弓弦拉满，箭在指间犹颤。

灰雁应声出笼，没了箭尖的羽箭蕴满我的内力而出，不负我所望，于半空穿透了灰雁的胸膛。

星甸公主诧异：“你……”

我手下不停，一连十支箭发出，箭不留情，亦射下了十只灰雁。

这一局，照常理，该是平局，但我先前折下的十支箭尖此时还在手中，尚未射出。

江湖传言，内功练到化境，飞花拾叶皆可伤人。

我自知功力尚浅，虽然做不到用花叶伤人，但实打实的箭尖就像是飞镖暗器，只要蓄力精准，射下区区几只灰雁也不是什么难事。

所以这一局，我用余下的十支箭尖亦射下十只雁，前后相加，我射下的二十只雁，恰好是星甸公主的两倍之数，此番比试，赢得毫无悬念。

星甸公主挑不出我的错处，又不好赖账，只得乖乖把麒麟玉佩赔给我。

只是那日后来，小九得知我这一个晌午不见，竟是在外做了这样的“蠢事”，为赢得比试，蓄力已极，不惜让弓弦割伤了右手四根手指，根根深可见骨。

他为我上药包扎时，悔不当初，直说：“早知如此，我便不该告诉你玉佩之事。”

我说：“你该庆幸，多亏我如今性子沉稳了些，才只伤了自己的手指，没有闯别的大祸。”

小九叹口气：“你这下主动招惹了她，往后只怕她不肯善罢甘休，连累我跟着你朝不保夕，委实凄惨。”

我说：“我哪顾得上那么多？总归以后我收敛些，平日躲着她走，不接她的招就是了。”

小九朝我翻个白眼，送给我两个字：“天真。”

果不其然，星甸公主的后招很快便来了。

当时皇上为彰显大宋国威，带着使臣一行人，一道检视宫中演武场上饲养的名马良驹。

星甸公主寻了个机会当众说：“吐谷浑王城四周是辽阔的草原，我自幼在马背上长大，此次来朝，也带了我吐谷浑的名马青海骢，素闻大宋的马儿不输吐谷浑，不知可否与我的青海骢比试一场，一较高下？”

此事关乎国威，不能等闲视之。

但演武场上全是男子，当真与她一个姑娘较量，未免落了下乘，胜之不武。

小九在我身后悄声说："她这话分明是冲着你来的，你既然招惹了她，此时就更不能怯战，你放心，我已经做了万全的准备，保管她赢不了你。"

我也只得硬着头皮跨出一步："公主远来是客，本宫与你年岁相仿，便略尽地主之谊，与你试试身手。"

我的马术只能算是中庸水准，与她这样经年生活在马背上磨炼出来的骑术，不可同日而语。加之我的手伤未愈，此战实在凶多吉少。

我正忐忑间，宫人为我牵了马来，远观四体修长，通体雪白，正是霁王的爱骑踏雪。

星甸公主不给我迟疑的机会，翻身上马小声与我说："今天就让你见识见识，我青海骢的厉害！"

我举目四望，远处高台上，两国臣僚齐聚一堂，皇上亦对我投来赞许的目光。

这情形实在称得上是骑虎难下，我心中明白，此次比试，只许胜，不许败。

第八章
马失前蹄

高台上不见霁王，我分心去寻，只见演武场旁侧的小道上，他亦牵了一匹马，随在我身后，以防不测。

近来他陪着星甸公主游历建康，我也有数日不曾见他，没想到今日再见，是在这样的情形下。他换下惯常爱穿的黛蓝衣袍，改为一身墨袍，头戴冠玉，身姿越发出尘。

只可惜，我也只来得及看上这一眼，面前星甸公主已经骑上马背，蓄势待发，我深吸一口气也跨上踏雪的背。踏雪长嘶一声，抖抖鬃毛，一副英姿飒爽的模样。我暗忖着，若一会儿比试时，我悄悄运力，施展些许轻功，叫踏雪减轻负重，或许能勉力赢过星甸公主的青海骢。

此时，发号的宫人重重敲响金鼓，箭在弦上，由不得我多想，手里下意识地一紧缰绳，踏雪如箭跃出，马蹄扬起尘沙，与青海骢并辔疾行，一时难分上下。

星甸公主口中含着短哨，竟是以哨音控马。青海骢与她磨合多年，性情相熟，又加之哨音比人声更易分辨，因而她与青海骢的配合，势必要赢过我与临危受命的踏雪。

我索性从马背上站起身，足尖轻钩住马镫，悄悄运力，助踏雪一臂之力。

但踏雪飞驰，马背颠簸，这姿势着实凶险，我唯有咬紧牙关紧握缰绳，才可不被踏雪甩下马背来。

如此，免不得又将手指上刚刚愈合的新伤撕裂开。

血水在我右手包着的白布上洇开一小片红晕，我自然顾不得，一心控马，眼见离终点越来越近，哪怕是未能赢得青海骢，至少也是与它不分伯仲，总不至于落到其后去，那便足矣。

谁知就在这片刻间，青海骢的右前蹄忽然一折，马蹄铁松动，在骏马疾驰之时脱离马掌飞出。

青海骢骤然失去平衡，飞驰的马蹄深一脚浅一脚，猛地一滞，眼看就要将马背上的星甸公主甩落在地。

如此危急关头，我忽然想起刚才小九说的那句：“你放心，我已经做了万全的准备，保管她赢不了你。”

原来他竟是打了这样的主意。

须知星甸公主随着吐谷浑使臣来朝，地位本就超然，如今她在大宋境内不只折了一匹马，还眼看要受不小的伤，真若如此，吐谷浑怎能轻易罢休?

我顾不得其他，急急勒住缰绳想做补救。

谁知我脚步才一动，旁侧已经有人比我还快，足尖点地飞身掠出，将被青海骢甩在半空的星甸公主稳妥地接住。

此情此景之中，能有如此身手的人，还能是谁?

我眼睁睁瞧着霁王飞身而出，于关键时刻接住了星甸公主。

他二人在半空中因着惯性回旋了半圈，星甸公主的衣裙长发被风扬起，与霁王纠缠在一处。

我定睛看时，尘埃已定，只见霁王以手背撑住星甸公主的腰际，将她带回到地面上，等她站定，才收回手，朝她抱拳道：“令公主受惊，还请公主见谅。”

星甸公主惊魂未定，脚步虚浮，眼看就要倒在霁王怀里。

霁王递过一条手臂，让公主扶着站稳，此时才有惊慌的使臣和宫人从高台上蜂拥而下，尽数扑到公主面前。

其中的使臣张大人便是一脸痛心疾首，惊呼道：“公主可有哪处觉得不妥?需不需叫御医前来诊治?若公主有哪处损伤，叫老臣如何向国君交代?”

先前在我面前还不可一世的星甸公主，在见了此时的霁王之后，忽然收敛了许多，换成一副娇柔女儿态说：“张大人莫急，我无事，多谢王爷方才出手相救。只不过我的青海骢向来骁勇，随我驰骋多年，不曾出过一丝一毫的纰漏，方才马失前蹄，定然是有人暗中捣鬼，请王爷彻查，给我吐谷浑一个

说法。”

霁王道：“蹊跷处自然要查，只是眼下，请位御医前来为公主诊脉更为要紧，颜洲，御医何在？”

他借着吩咐颜洲的空隙，脱身出来，走到我面前说：“你的手伤要不要紧？”

我方才还觉得我戳在这里分外多余，此时他明明是来关怀我的手伤，我却没来由地更加气恼，转身骑上马背直奔高台那处，向皇上回禀了演武场上的情形，然后借口身体不适告退回宫。

小九跟在我身后，许是知晓自己闯了祸，一路上默默不语。

幸而郡主姐姐格外仗义，随着我一同回宫不说，还亲手替我换药包扎，将我的右手包成一只馒头样儿，更是嘱咐我近日不可碰水，不可劳动筋骨，也不可食油腻腥膻之物。

我奇道：“姐姐方才也瞧见星甸公主的模样，分明身康体健，却故意装作弱柳扶风的样子，将半数宫人全引到她那处去，我瞧了都要冒火，为何姐姐却不生气？”

她一边收拾药匣一边说：“你身在其中看不清楚，依我看，枉费她花了这样多的心思，诏哥哥却不领她的情，方才那样凶险的情形下，诏哥哥仅用手背接住她，便是不想与她有过多牵涉之意。我自幼与诏哥哥一同长大，对他的心思再清楚不过，他若当真有意于公主，断不会在公主坠马时只请个御医看望，将关怀她的好机会拱手让人。说起来，他待那公主，远不如待你上心，还是他叫人知会我，仔细瞧着你的手伤呢。”

我迟疑道：“果真吗？”

郡主姐姐说：“我何时骗过你？”

我垂下眼盯着自己包成馒头一样的右手，忽然觉得好像没有方才那么生气了。

照理说，我从小到大都是豁达性情，对于寻常小事从不放在心上，方才怎会忽然如此反常？

但想不明白的事，我也从不让自己钻牛角尖。

不过一盏茶工夫，些许不快也就抛到脑后去了。

二 

听闻公主坠马一事，皇上势必要揪出真凶，给吐谷浑一个说法。

小九自信此事做得不留痕迹，谅旁人也查不到他头上去。

但我敲着他的脑袋，严肃地说："就算你做得天衣无缝，皇上为了给吐谷浑一个交代，三日之后要是查不出真凶，定然会找个无辜的宫人替你顶罪。你名义上是我的'陪嫁宫女'，身份不同寻常，若你自首，顶多挨个板子，给吐谷浑出出气便罢了，换作旁的宫人，兴许是杀头大罪，到时候这么一个无辜的人因你丧命，你心里可过意得去？"

小九撇撇嘴："你便是只为旁人着想，半点儿都不顾及自己，若我去自首，又是你宫里的心腹之人，星甸公主会如何想？她势必以为是你要加害于她。"

我说："那我便陪着你一道负荆请罪嘛，就算吐谷浑要追究，也不好当面与我为难，大不了我向她赔不是，反正此事也是我们有错在先，赔个不是又不吃亏。"

小九被我劝服，去向皇上自首说："那日见青海骢拴在马厩里，一时好奇就想凑近了摸一摸，谁知青海骢性子烈，四蹄乱踏，踢翻了石槽，许是就将马蹄铁踢得松动了。"

使臣张大人不依不饶："你这小小奴婢，如此不懂规矩，主子的马岂是你一个奴婢可以随意乱动的？"

我因而朝张大人拜道："这名'宫女'是我近日从家中带来的，尚不知宫中礼数，所以犯下大错。我御下不严，也当同罪，望张大人念在他初犯，给他一个改过自新的机会，我愿代他向星甸公主赔礼，还请张大人从轻发落。"

张大人说："这……"

皇上便道："好在公主无事，否则拿你这婢女的一条命相抵，也不为过。"

张大人只得说："想必太子妃娘娘的婢女也是无心之失，怎可重罚，小惩

薄戒即可。”

这事到最后，便以小九领了三十个板子告终。

但我没料到的是，这次挨罚，小九的三十个板子只挨了一半，剩下的一半是颜洲替他挨的。

当时小九趴在戒堂的长凳上，一双眼梨花带雨，楚楚可怜，颜洲以为他是女子，身子骨弱，经不起三十大板，便主动要求代他受过。

小九这人最是不吃亏，听闻颜洲这样说，非但没有阻止，还做出一副铭感五内的模样，就差要与颜洲当场拜把子。

我在一旁扶额，实在不忍心告诉颜洲真相。

待三十板过后，小九和颜洲便如同一对难兄难弟，各自一瘸一拐地出了戒堂。

我扶着小九与颜洲道别，颜洲还不忘替霁王说好话，他说：“近日北魏蠢蠢欲动，吐谷浑相助哪一方，或可影响战局成败，所以很多事上，殿下不得不委曲求全。”

我索性指了指自己头顶上戴着的银杏叶簪子：“你跟他说，这簪子我还戴着，叫他不用挂怀，他便能明白。”

颜洲抱拳道：“属下领命，定将这句话带到。”

经此一事，我与星旬公主的梁子算是结下了，宫中人向来懂得见风使舵，听万珠说，皇后那处立时就派了邱姑姑暗中召见星旬公主，不知商议了何事。

料想皇后娘娘前些时日吃了那么大一个哑巴亏，不寻着机缘反咬我一口才是怪事。

我也不能坐以待毙，亦叫小九密切注意皇后娘娘那处的动静。

近日朝堂上也不太平，就如颜洲所说，北魏蠢蠢欲动。

上回我在临清，歪打正着截获了一批运往北魏的兵器，北魏吃了瘪，在两国边境上侵扰不断，郡主姐姐的父亲——平阳王褚明德，一直镇守大宋边关，

近来却急报频传，许是因为北魏探得吐谷浑使臣来朝之事，按捺不住，想要先发制人。

这许多桩事一齐发作，前朝后宫人人自危，霁王那处自然诸事繁忙，我顾念他近日辛劳，便克制自己不去见他，不令他分心。

时值秋末，朝熙宫的银杏树落了满地黄叶，我不忍心将落叶归集摒弃，便吩咐宫人不许打扫，就叫这些黄叶铺在宫院中，能叫我时时看着也好。

郡主姐姐有次到朝熙宫来，替我包扎换药，就奇道：“莫非银杏叶还有什么了不得的功效，诏哥哥院中那几株银杏也是落了满地的金叶子，他往常惯爱整洁干净，宫室中向来洒扫得一尘不染，偏这回也跟你一样，特意嘱咐宫人留了那满地枯叶不许打扫。”

我忍着伤口初愈时指尖的酥酥痒痒，一本正经地说：“银杏叶自然有妙用，医书上说的‘止痛化瘀，敛肺平喘’自不必说，若像姐姐这般的绝色佳人，平日将银杏叶煮了水来喝，便可容颜永驻、青春不老，实在是了不得的妙物。”

郡主姐姐被我说得起了兴致：“小小银杏，竟有此妙用，我这便叫樱珠敛了你宫中的银杏叶，回去煮水喝。”

我笑说：“樱珠身形娇小，恐怕敛不了许多，我额外派几个人，将银杏叶敛到包袱里，一道扛回你的紫烟宫可好？”

郡主姐姐假作气恼：“你啊，我与你说正经事，你却当玩笑听。”

我说：“我啊，挂着‘太子妃’的虚名，实际上半点儿好处都没有，还要处处受掣肘，若是再不能‘苦中作乐’，真要被这样的日子苦死了。”

就好比说现在，除了望着我宫里这几株银杏树遥遥寄怀，旁的是一概不能做，委实苦闷。

郡主姐姐便宽慰我道：“其实我有时很羡慕星甸公主，她生在吐谷浑繁华鼎盛时，有强大的母族做后盾，走到哪里都格外有底气些。只是她在人前人人称羡，在人后也必定受着不为人知的苦。我们哪，便是惯爱艳羡旁人的好，却身在福中不自知，说不准在旁人眼里，我们也是被人艳羡之人呢。”

这倒是。

我是很羡慕星甸公主可以在很多事上“为所欲为”，但身为公主，身负家国大义，又有几人是真的能“为所欲为”呢？哪怕是星甸公主，也即将要被迫远嫁大宋，牺牲自己的下半生，给吐谷浑和大宋结一个秦晋之好的名头。

但《庄子·秋水》有云：“子非鱼，焉知鱼之乐。”

我不是星甸公主，自然也不晓得，她在大宋遇见霁王，正是“乐不思蜀”之时。

三 

听闻吐谷浑民风开放，公主此来便是为了两国联姻，霁王如此出众，她怎能轻易放过？

在这件事上，皇后娘娘也乐见其成，自古外夷女子不能身居后位，若霁王真以星甸公主为正妃，便是失了入主东宫的机会。

朝臣是何等精明，见风使舵的本事不输后宫，若真到那时，自然晓得站在翊王一方，只要翊王夺得太子之位，皇后娘娘这位太子之母，自然也跟着母凭子贵，从此在宫中立于不败之地。

我不肖想，就知道皇后娘娘此时，心中的算盘正打得“噼啪”响。

果然时隔两日，星甸公主便派人递了拜帖，邀我到她如今暂住的玉芙宫一叙。

要说星甸公主也算坦荡，拜帖上写得清楚明白，此行便是明目张胆的鸿门宴，端看我有没有“单刀赴会”的胆识。

小九在一旁打趣说：“这哪是‘拜帖’，分明是下‘战书’来的。小团子，你不会真打算赴约吧？”

我说：“她敢来请我，我怎么能不敢去？你不要长他人志气，灭自己威风，我长这么大，何曾怕过谁？你且去回她，我定‘如约以至’。”

小九纳罕地指着那封拜帖说：“你再仔细瞧瞧，这字字句句，摆明了是激将法。”

我斩钉截铁地说：“激将法，更得去。万珠，来，为我准备‘战衣’！”

这大抵是我入宫以来，头一回觉得十斤重的首饰还不够分量，又叫万珠为我多添了两斤。

玉芙宫建在深宫僻静处，以合宫遍植芙蓉花而得名。

只是这时节，芙蓉花谢，只余残枝败叶，皇上特命宫人临时移植了御园的名菊“胭脂点雪”，花瓣叠丝，艳如胭脂，倒是勉强与玉芙宫的宫名相映。

我赴约时，星甸公主令万珠留在偏殿，只许我一人进她的正厅。

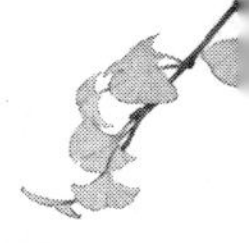

所谓“单刀赴会”，倒是名副其实。

正厅燃了香炉，又放下许多垂幔，轩窗亦被宫人尽数合上，厅中光线便暗下来。

星甸公主这回换上了大宋女子的衣裙，头上的辫发梳成温婉的回心髻，装扮淡雅，与我此时的隆重全然不同。

我奇道：“公主的‘鸿门宴’摆得跟我想象中不大一样，半分杀气都没有，莫非是我会错了意？”

星甸公主轻笑一声：“男子的朝堂之争才要杀气，我今日与你争的是旁的。”

我极有耐心：“公主倒说来听听，想与我争什么？”

她素手斟酒，自顾自道：“不瞒你说，我今日不只请了你，也请了霁王。虽然方才说要与你争，倒也无须真的争，我有信心将猎物收入囊中，所以今日请你来，只是做个见证，好叫你输得心服口服。”

我坐在她面前，夺过她的一只酒盏，也跟她打哑谜，问道：“何以说一定就是你的囊中之物？”

她朝我晃晃手中的酒壶：“就好像现在，杯盏在你手中，酒壶却在我手中，空有杯盏没有酒，如何待客？”

这句话我听懂了，大约是说我徒有“太子妃”虚名，事实上背后无权势、无依凭，便如空空如也的酒盏，而她则有吐谷浑母族之势，便如那只腹中满满当当的酒壶。

若霁王需要借力，定是选她更合算些。

我点点头说：“看来你对我了解实多，大抵也是皇后娘娘偏心，竟将我的实底尽数翻给你看。”

她没有否认：“没想到你也是个聪明人，只可惜我与你立场不同，注定无法成为朋友，若有朝一日我成全了心中所想之事，说不准还要助霁王登上至高尊位，到那时，你这个‘太子妃’，便只能是我的敌人。所以今日，是我第一

回与你共饮一壶酒，也是最后一回。”

我心中暗叹，吐谷浑的民风果真与我大宋不同，这等阴谋诡谲之事，难为星甸公主还能如此堂堂正正地拿到台面上说给我听。

她说完这番话，便将斟满的酒盏推到我面前，举杯待我。

我不好拂她的面子，也便举杯，只是饮下之前，我忽然察觉酒水嗅之有异香，大概是额外掺了软筋散一类的药，原来公主方才一番直言，是为了打消我的顾虑，她既然打了旁的主意，我便配合她演一场戏，一边趁她不备将酒水吐入袖中，一边假作脱力，软软地伏在桌案上。

她见事成，招呼亲信将我挪到正厅屏风之后。

厅中帷幔重重，将屏风之后的我遮得严严实实。

星甸公主这才贴在我耳边唤我醒转，轻声对我说：“你服下我的特制药酒，只会暂时脱力、口不能言，于你的身体并无损害，委屈你待在此处片刻，且听听霁王怎么说。”

我此时还不知道她究竟要做何事，只听得外间有宫人出入，将桌案上的酒盏重新布置，又添了几道蔬菜、鲜果。

片刻后，霁王至。

我在屏风之后微微挪了挪，换了个更舒服的姿势，就听霁王道：“公主信上所说的紧要之事，不知是何事？”

星甸公主笑道：“殿下每每与我论事，都是直来直去，今日既然是晚膳的时辰，不如先坐下来与我一道用膳可好？”

霁王入座，宫人添酒。

星甸公主道：“我在信上与你说‘有要事相商’，其实是近日收到一封家书，父王言及，北魏拓跋氏，意与吐谷浑借兵攻宋，父王十分为难，不知该不该答应。”

我心里一惊，这寥寥数语竟字字藏锋。

霁王笑说：“公主既然问我，便是不欲借兵之意，却不知公主打算如何

回绝？”

星甸公主顿了顿，不知做何神情，只听声音是笑着的，她说：“殿下怎就笃定，我一定会劝父亲回绝？”

霁王未答，却是星甸公主自己先说：“北魏苦寒，远不如建康富庶安宁，我父亲本意便更倾向于助宋攻魏，否则我也不会随使臣来朝。只是我尚有一事不明，想听殿下一句心里话，不知殿下可否愿意回答。”

霁王道：“公主请说。”

星甸公主便问道：“我与使臣来宋之前就听闻，建康宫中太子未立，却早早立下了太子妃，又听闻殿下待太子妃娘娘的情分与旁人不同，不知传言是否属实？”

这下我恍然大悟，星甸公主故意将我藏在屏风之后，竟是打算当着我的面问霁王：你待太子妃是何意？

虽然这情形十分诡异，这问题我更是从来不曾亲口问过，但，不得不说，这问题的答案我也是很好奇的。

霁王说：“太子妃是君，我是臣，臣下待君上的情分，自然与旁人不同。”

星甸公主却不容他敷衍带过，而是问：“除此之外呢？我听闻你对她的近况十分上心，素日亦多关怀，便是在数月前，你还与她一同流落民间，朝夕相处，更听闻她还未封太子妃之前，你们便时常见面谈天，如此这般，便没有一丝一毫旁的情谊？”

霁王坦荡地答：“太子妃除了是本朝之君，亦是前朝公主，初时为了显示新朝宽仁，才对她多有照拂，如今更是恪守君臣之礼，不敢不将君上之事放在心上，除此之外，我对她，再无其他。”

四 

这番话落下，前厅静默了好一会儿。

眼前的帷幔被风卷着飘飘摇摇，香炉里的熏香燃尽，落下半炷香灰。

我本来，从未想过问他这样的问题，但乍然知晓答案，说不难过，肯定是假的。

初见面时，他狡黠得像只狐狸，后来相处日深，我才知道他心中也有抱负，并非像世人传言的那样桀骜不羁、风流成瘾，他做的这些荒唐的表面功夫，都是为了混淆视听、保护自己，这原本只是他一个人的秘密，可他却肯把每一处心思、每一分算计，都毫无保留地展露在我面前。

我便以为，他待我到底是跟旁人不同，我甚至曾想，以我绵薄之力，助他实现心中抱负，到那时，他做他的旷世明君，我哪怕仅做他帝王座下的一块小基石便好。

我这样渺小的愿望，到今天才发觉，竟可笑至极。

这世上，能助他实现心中抱负的人何其多，就算我一厢情愿地想做他帝王座下的小基石，只怕也是块雕工粗鄙的边角石，一旦他寻到更华美结实的好石头，随时可以将我弃之不用。

这么一想，如何不叫人难过？

前厅里星甸公主说："殿下身居高位，自然明白权衡利弊、予取予舍之道，今日你能将心中实情坦然相告，我便即刻修书一封，劝父亲回绝北魏借兵一事，也算是送你的一份薄礼。"

霁王礼数周全："公主言重，宋与魏兴兵不是一两日，吐谷浑观战多年，心中自有定数，无论借兵与否，公主都是大宋最尊贵的客人。"

星甸公主"哦"了一声，娇嗔道："仅是客人吗？"

她二人叙话到此处，我便没有心思继续听下去，真等到公主将霁王送走，再折返回来见我时，只怕连我最后的体面都荡然无存。

所以此时便是离开的最佳时机，我蹑手蹑脚地起身，轻轻推开屏风后的半扇窗，纵身跃下窗台。

身上繁复的衣裙和头上环佩叮当的珠钗，都格外碍事。

我跃下窗台时崴了脚，只能一瘸一拐地往偏殿走。

万珠还在偏殿等着我，见着我的情形面上惊诧，却未多言，上前扶住我的手臂，极快地为我整理衣裙，然后扶着我往玉芙宫外行去。

长夜已至，夜风吹皱寒池，当真极冷，使我止不住地打战。

离这处最近的是翊王所在的宫室，万珠瞧我的情形，小心地问："团儿可还支撑得住吗？"

我抬眼看她，还未开口，泪珠却先一步滚落下来，我说："我不想骗你，我现在浑身上下哪里都疼，脚疼，心也疼。"

她赶忙用袖子替我擦眼睛："团儿别难受，夜里风大，仔细吹坏了眼睛，回去害头风病。"

我把头靠在万珠肩上，哽咽说："是眼泪止不住要流，我也没有办法，大不了我就闭上眼睛，不让夜风吹，行不行？"

我越说越委屈，眼泪流得更凶，万珠只得抱住我说："好团儿，你心里难受就哭吧，只是此处人多眼杂，叫人看见免不了说闲话，我带你先到翊王那处歇一歇好不好？"

我如此委屈的当口，还晓得跟她说："不好，天都这样黑了，去他那处，更不好。"

万珠也没了主意："团儿你说怎么办才好？"

我说："要么你先回朝熙宫，我自己寻个无人处独自难受一会儿就回去，你放心，我知道分寸。"

不等万珠答应，我先提着裙子一溜烟儿跑掉了。

如此情形实在丢人得很，哪怕是在万珠面前，我也不想展露如此软弱的自己。

但我先前明明跟万珠说好的，说我知道分寸，可末了还是爬墙钻到翊王存酒的酒窖里，拍开好几坛子琼花酿，来了个不醉不归。

翊王宫中的人听到声响，以为进了刺客，夹枪带棒将我团团围住。

我眼前哭得雾蒙蒙一片，看不清憧憧人影，只听见有人说：“退下，此事不许声张，若叫本王听见什么流言，小心你们的脑袋。”

那憧憧人影霎时就走光了，眼前只剩下一根直挺挺的玄紫柱子，我起身抱着那根柱子哭得更厉害：“是谁在本宫面前立了根柱子？是不是要故意撞本宫的头？你们说，究竟是哪个刁民要害本宫？本宫要治罪，来人，把柱子拖下去，给本宫砍了！”

我正自发号施令间，谁知玄紫柱子却开口说话了，他说：“花团，醒醒。”

我吓了一大跳，一蹦蹦出三丈远，指着他说：“何方妖孽？速速现出原形！”

他上前扶住我，无奈道：“怎么醉得连我都不认识了？”

我一听，瞪大眼指着他说：“怎么不认识？你嘛，嘿，柱子精！”

他拍掉我的手：“你还能不能走动？”

我发呆：“嗯……脚疼。”

然后我哭得更厉害了：“柱子精你没有脚，你根本不明白脚疼有多疼！呜呜呜……哇！”

他扶额，再也没跟我说话，索性弯腰将我打横抱起来，径直抱到了偏殿的床榻上。

路上遇见的宫人皆低头退避，不敢直视，我在这百忙之中，还不忘指点了一番他院中的海棠树，我说：“嘿，海棠结果了哟，能吃了吧？好不好吃啊？嘿，我忘了，柱子精不用吃饭也能活！”

他忍无可忍：“住口！”然后一下子将我扔在床榻上，还抖开被子盖住了我的嘴。

我岂是那么好对付的人，当即捞起他一截玄紫衣袖抱着就不撒手，时不时还拿袖子擦擦鼻子擦擦眼，权当一块不大吸水的帕子使。

他只得坐在我床榻边，一面吩咐人煮醒酒汤，一面嘱咐人拿湿帕子为我净手净面。

小小一间偏殿霎时变得影影绰绰，我眼前又开始雾蒙蒙，依稀听见有人禀了一声什么，柱子精又说了一句什么，不多时，另一人挟着风闯进来，站在我床榻边，唤了一声："团儿。"

我眯起眼，这回，来的是根墨玉柱子。

墨玉柱子二话不说扯过我手里的半截衣袖，将我扶坐起来。

我朝他怒目而视："大胆！谁给你的胆子敢抢本宫的圣旨！"

他拿自己的衣袖替我擦了擦眼，转而跟先前的玄紫柱子说："团儿醉酒，有劳三弟代为照看，今日之事，望你约束宫人守口如瓶，以免有损她的闺誉。"

我听得云里雾里，墨玉柱子也不理我，径直又将我抱起来，颠得我胃中一阵翻涌，"嗷"的一声吐了他一身。

他好像连眉头都没皱一下，小心地抱着我，将我放在宫门前的软轿上，依稀万珠急急拿了帕子替我擦了擦嘴角，我朝万珠一笑，指着墨玉柱子说："你看那根柱子，忒黑了，好在脸白，否则夜里行走，旁人瞧不见他，肯定得撞头！"

万珠脸上抽了抽，握着我的手放回软轿里："娘娘谨言。"

我说："嗯……谨言。"然后脑袋一歪，就不省人事了。

五

第二日我在朝熙宫的床榻上醒来，只觉头逾千斤重。

万珠服侍我梳洗，小九抱臂站在一旁说：“不错啊，很可以嘛，一顿‘鸿门宴’吃得气势如虹，我听闻你的壮举，险些要给你大声喝个彩。”

我揉着脑袋说：“什么壮举？你在说什么？我怎么一时想不起来‘鸿门宴’的事了？还有，我是怎么回来的？对了，昨天夜里我竟然在宫里看见好几根柱子，你们肯定想不到，柱子还能跑能跳的，跟人似的。”

这事我说出来连自己都不大信，无怪乎万珠的脸又抽了抽。

但她是见过大世面的，继续平心静气地为我梳洗更衣。

小九站在旁边说：“你昨天夜里，醉倒在翊王那处，却又是霁王送你回来的，其中缘由恐怕只有你自己最清楚。”

这么一说，我好像有些印象，前后再一想，我只觉心疼脚疼一齐涌上来，怒而对小九道：“我想起来了，霁王这厮，在星甸公主面前极力与我撇清关系，到后来还要送我回宫充好人，万珠姐姐，他怎么会知道我的行踪，是不是你告诉他的？”

万珠说：“团儿莫急，昨夜你走之后，霁王追出来，说他听见屏风之后有声响，才得知你也在场。后来他遇见我，又听说了你的事，就在玉芙宫四周到处寻你。再后来有人看见你在翊王那处出现过，他便带着我赶了过去，只可惜那时你已经醉得连人都不认识了，他无法与你解释，只叫我好生照看你，说他择日再来看你。”

我哼一声道：“‘择日’再来看我？他想得美，以后我朝熙宫的大门再也不朝他开了，他想见我，‘门’都没有。”

小九跟人精似的，听我这么说，好奇心大起：“难得见你跟人闹别扭，换作旁人敢惹你生气，只怕要被你打得连娘亲都不认识，这回霁王惹了你……倒是有趣，我得去问问颜洲，究竟发生了何事，回来也好给你出出主意。”说罢他潇洒地转身走了，高兴得连头也没回。

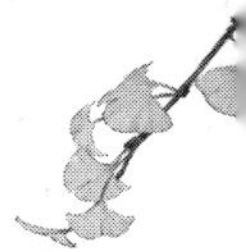

我伸了一半的手颓然垂下，什么叫“看热闹不嫌事大”，这便是了。

我心里当真气闷，宿醉头痛，脚肿眼肿，再凄惨不过。

万珠拿丝帕包了煮熟的鸡蛋，又是替我揉眼，又是替我揉脚跟，好容易才消了些肿。

这时门外有人来禀，说翊王派人送了食盒来。

我正丈二和尚摸不着头脑，万珠替我掀开食盒的盖子，只见盒中一只平口的碗碟，碟子里盛了红灿灿、黄澄澄的海棠果。果子上还带露水，显然是新摘下来不久的。

虽然不记得他为何知晓我爱吃酸甜的小果子，但这碟海棠果当真是雪中送炭，稍稍慰藉了我这颗“千疮百孔”的心。

是日，小九在外打探了一圈情报，回来跟我说，北魏侵扰边境，战况十分激烈，今日在朝堂上，霁王看不惯翊王只知武力镇压，翊王又看不惯霁王满篇经国策论，却落不到实处，他二人在皇上面前颇争了几刻钟，但边境战况愈演愈烈，不等他二人争出个结果，前线又有急报传来，说日前两军交战，主帅平阳王褚明德下落不明，如今边关将士暂由副帅薛君眉代管。将士们正全力搜救平阳王，但军中不可一日无主帅，皇上沉吟了好一会儿，一时不知会派谁出征，接掌北府军。

我听闻这个消息，头一个便是去了郡主姐姐宫里。

郡主姐姐的父亲平阳王下落不明、生死未卜，她慌了神，抓着我的手说：“团儿，怎么办？我方才去佛堂进香，三炷香全断了，香断了是什么意思？我父亲他，会不会……”

我说：“不会有事的，战场上地势复杂，许是平阳王带兵与大部队失散了，他多年征战在外，对敌经验良多，不会有事的，放心吧，不会有事的。”

我每说一次“不会有事的”，郡主姐姐就冷静一分，她说：“团儿说得对，现在只是‘下落不明’，只要不是最坏的消息，就还有希望，是不是？”

我说：“是。前线的战报一日三传，我们便在此处等着，一旦有消息，皇

上会派人知会我们的。”

我一面安慰郡主姐姐，一面叫小九继续打探消息。

值此用人之际，霁王被星甸公主及吐谷浑使臣牵制，抽身不得，翊王主动请战，皇上却还在迟疑。

我记起从前霁王与我说过，翊王便是因为在外军功累累，功高震主，才被皇上调回宫中。如今情势危急之下，翊王虽是稳住军心的最佳人选，却不知皇上心中的天平究竟会偏向哪一方。

只是战场上瞬息万变，由不得片刻迟疑。

我跟郡主姐姐说：“再这么干等下去不是办法，你信我，我会向皇上请缨，亲赴前线，将你父亲好端端地带回来。”

这想法在我心中由来已久，如果说皇上对翊王请战之事存有疑虑，怕他此行功劳独揽，更加不好掌控，那我便以东宫半个主人的“太子妃”身份代为监军，既令众将士感念浩荡皇恩，又可随时监察翊王动向，令皇上放心。

甫一打定这主意，我便带着万珠直奔皇上的御书房。

御书房外，翊王正跪在门前请战，服侍皇上的宫人见着我来，面带难色地说：“太子妃娘娘来得不是时候，皇上正在与几位大人商议国是，只怕这会儿无暇见您……”

我颇有威仪地打断他说：“事关军机大事，我需向皇上面禀，你也敢拦我吗？”

宫人连忙道罪，代我进去通禀，不多时，便听皇上道：“既如此，让她进来吧。”

我回身望着跪在地上的翊王，目光格外坚毅地朝他点了点头，然后拖着长长的裙摆，一步一步迈上御书房的汉白玉台阶。

第九章
云簇霞鲜

此行，我知道说服皇上并不易。

御书房中几位大人分列两旁，书案上燃着冷香，皇上面色肃然，房中一片沉寂。

我收敛心神，先向皇上行礼道："儿臣向父皇请安。"

皇上颔首，语声和缓了些说："团儿此来，是有何事要跟朕说？"

我垂着眼睛盯着脚边的青砖，紧张得右手扣着左手，但语气还要强作镇定地说："父皇容儿臣细禀。"

皇上耐心地听着，并未催促，我鼓起勇气道："儿臣今日听闻边关战事，自知忝居太子妃之位，却一无功于国祚社稷，二无功于皇族荣兴，实在惭愧极矣。今正逢家国危急之际，儿臣想，尽绵薄之力为父皇分忧，请父皇准允儿臣，以'太子妃'之名，亲赴虎牢关鼓舞将士抗敌士气。儿臣愿赴汤蹈火，以全忠君爱国之心。"

这番话，在我心中酝酿多时，此刻说出来，格外掷地有声。

皇上却听笑了，只把我的话当成一时兴起的玩笑，他道："团儿乍一听闻边关事，一时情急也是有的，朕知道你有忠君爱国之心，的确难得，但战场上血腥残酷，并不是小孩子过家家。更何况，北地多有风沙，这时节落雪封城，你这样一个娇弱的女娃，如何顶得住呢？朕恰好与诸位爱卿商议此事，国之大事，有朕和朕的皇子顶着，团儿便在宫中安稳地等着战场上传回来的消息，替朕时时宽慰宽慰良缘郡主，便算是大功一件了。"

他这样说，便是毫不容情地拒绝了。

我自然知道女子从军，在大宋还是前所未有之事，但规矩都是人定的，皇上身为开国之君，威仪更甚寻常守成之君，只要我能劝服皇上，得到他的一句金口玉言，便能让这"女子从军"的稀罕事落在圣旨上，变得不再稀罕。

我抬起头，目光坚定地望着皇上，说："儿臣并非一时兴起，父皇知晓儿臣出自青吾，师从云崖派掌门，习得不少军阵之法，也与寻常女娃不同，既见

识过血腥残酷，也有自保的本事。儿臣此番御前陈情，实则是深思熟虑之后的决定。朝野上下值此用人之际，儿臣自当为父皇分忧。”

皇上见我执拗，便耐着性子多问了一句，他说：“团儿心中有大志向，莫非是想统领三军，挂帅出征？”

我退了一步说：“儿臣自知没有统帅之能，却可为父皇监军，军中多日无主帅，正是军心不稳、士气涣散之时，儿臣以‘太子妃’之名，既可名正言顺地以皇族身份鼓舞军中士气，又可时时刻刻将前线战况禀明父皇，在危急之时为父皇示警，让父皇早做准备，以防万一，实则是一举两得，请父皇准允。”

我这是赌他的七寸。

眼下皇上最为难之事，莫过于翊王虽是最合适的人选，却又有功高盖主之嫌。

身在乱世之中，如何更好地活着才是最要紧的，些许规矩，自然是事急从权。

皇上因而道：“诸位爱卿意下如何？”

一位虬髯满面的大人出列，粗声道：“老臣认为，太子妃娘娘长于深闺，难免妇人之见，不堪与谋。旁的不说，只怕娘娘连我大宋有多少兵马，这些兵马又详尽分为几个门类，都不清楚，如何监得了军？”

我既然敢向皇上自荐，私底下的功课自然也做过不少。

我说：“大宋据有楚江中、下游，军队以水军为主，步、骑兵为辅，皇上当年几次北上破燕、破齐和灭秦之战，都是以水军为主力，舟师进讨。时年，‘游逻上持于湖，下至蔡洲，陈舰列营，周亘江滨，自采石至于暨阳六七百里’，说的便是我大宋水军之盛况。”

我顿了顿又道：“至于领军主帅所统内军，有左卫、右卫、骁骑、游击各军，分设屯骑、步兵、越骑、长水、射声五营，不知我说的对是不对？”

那位虬髯满面的大人无话可说，却是皇上道：“团儿说得倒是不错，只不过还有两队人马你忘了说。”

我搜肠刮肚想了好一会儿，还是毫无头绪，只得请教道：“据团儿所知，

军中确无其他人马，还请父皇明示。”

皇上笑道：“依制，东宫亦有左、右二卫率，专为保护东宫所设，团儿既然要做监军，没有人护着你朕怎么能放心？此次出征，朕便派东宫亲卫护着你，务必要毫发无伤地凯旋。”

我听得精神为之一振，当即行了跪拜大礼道：“儿臣谢主隆恩！”

他摆摆手：“出征不是小事，你且下去准备准备，替朕叫诀儿进来，朕还有事与他说。”

我叩拜道：“儿臣领命。”然后敛衽退出御书房。

二 

直到走回方才进门时的汉白玉台阶，我还觉得有些恍惚，皇上竟然真的答应了？

我狠狠掐了自己一把才晓得我不是在做梦。

这举动被底下跪着的翊王瞧见，他以目光询问我，我便走到他面前，笑得格外灿烂地说："皇上答应派我监军了！不过你先不要惊讶，皇上还传召你进去议事，说不定，我们可以一同在战场上见真章。"

他眸中似有惊诧，却未多言，起身一拂袖袍，肃容迈进御书房中。

我此时心情格外好，昨日的不快已经消散了大半，一面派人将这好消息告知郡主姐姐，一面急匆匆回朝熙宫，收拾细软，准备战甲，打磨兵刃，为出征做准备。

战场局势胶着，战机更是片刻也延误不得。

估摸翊王领了行军虎符，稍作休整，快则一日，慢则两日，便要开拔。

这短短的时间里，我除了要准备行军物品，还要立刻整肃东宫左、右两队亲卫，将原本属于未来太子的亲卫军，暂且收归自己麾下。

我原本还在感念皇上宽仁，跟小九说："皇上能摒弃前嫌，将监军之职许给我这样一个身份特殊的'前朝公主'，实在心怀远大，并非一般君王可比。"

小九闻言一哂："要么说你心思单纯，在这件事上，你是只知其一，不知其二。"

原是小九在宫中布置的暗线探来消息说，我在御书房中请旨监军之后，皇上召翊王议事。

御书房中几位大人连声反对，皇上便道："晋朝覆灭之初，前朝诸多老臣一心随着末帝归隐，其中，便有与末帝守江山的数位旧部将领。朕听闻，这些旧部将领麾下私藏了不少亲兵，这些年他们藏匿在大宋青山秀水间，实际上保

存了不可小觑的实力，足以威胁大宋江山。”

小九说到此处，我头一个不信：“皇上实在多虑了，就凭我爹，连花生米都快要嗑不起了，哪有钱去养这些旧部私兵？”

小九说：“你以为你能安安稳稳长到这么大，靠的是皇上对你的浩荡隆恩？自古成王败寇，你见过有哪个‘废帝’能活到寿终正寝的？若不是你爹有挟制皇上的筹码，怎能护着你活到现在？哪怕是如今，皇上许给你‘太子妃’之位，除了顾念与你娘从前的情谊之外，多半也是想利用你留在宫中，稳住你爹，叫你爹不敢轻举妄动。毕竟这手法是皇上惯用的了，良缘郡主就是一个活生生的例子。所以说，既然生在皇家没得选，必要的手段还是要有的，这也正是我钦佩你爹的地方。”

怎么在我印象里，惧内又一无是处的爹，被小九一说，陡然高大了好几倍？

小九接着说：“皇上肯放你上战场，也是想将你当作鱼饵，把你爹埋伏在各处的前朝旧部引出来助他，更何况，皇上还派了东宫亲卫随你出征，名义上是为了保护你，实则更是为了监视你，若你敢有异动，搞不好头一个对你刀剑相向的就是你的左、右亲卫兵。所以我奉劝你，做人多留心眼，凡事多动脑子，有些事不要只用眼看，更要用心看，不然到时候你被人卖了，只怕还要乐呵呵地替人数钱。”

不得不说，小九这番分析有那么几分道理。

怪不得我监军之事，朝臣皆无异议。

皇上宣给我的圣旨上，御笔亲书，又盖了大红印玺，我接旨之时，还恍如梦中，觉得一切来得太过顺利。到此刻再一回味，才觉得顺利得有些蹊跷，原是有人在背后筹谋至深，方才压得住朝野非议，将我一介小女子推上这了不得的监军之位。

但我心神只沉寂了一瞬，就又重燃信心地跟小九说：“无妨，我要的从来都不是做皇上眼中的忠君之臣，而是想为家国做些实事，好比说带军收复失地、镇守边疆一类的。如今，不论‘因由’如何，‘结果’却是我想要的，只

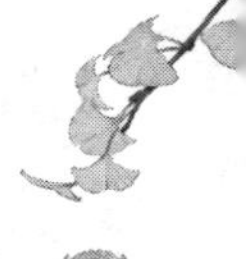

要能有资格随军出征，便是在我人生之路上迈出了一大步。皇上既然给了我统率东宫亲卫之权，只要我善加利用，亦能成就‘双赢’的局面。”

打定这主意，我便又生龙活虎起来。

三 

古语有云，“无帅之兵，谓之乌合”，又云，“择械不如择卒，择卒不如择将”，足可见一军主帅的地位是何其重要。

皇上终于授了翊王虎符，翊王那处亦是忙碌，恐怕他一时顾不上我，只叫我自己多抓紧些。

出征之期定在两日后，届时东宫亲卫和皇上调派给翊王的十万援军一同整编出发，不肖想，定然声势浩大。

我一心扑在战前准备上，一改往日的清闲，忙得不可开交。

好处是，忙碌起来，便顾不上与霁王闹别扭的事了，后来听万珠说，霁王先是派颜洲登门求见，后来又自己亲来，但我要么是在外整军，要么是督造合我身量的战甲，每回都不凑巧，总叫他空等一场。

其实我亦是有意躲着他。

那日在玉芙宫的屏风之后，我亲耳听到了他对星甸公主的回答，哪怕是他有千百种苦衷不得不说“违心话”，我亦不想轻易原谅他。

小九是最明白我的，他说：“你不见他也好，你素来就有‘耳根子软’的毛病，以他那‘颠倒黑白’的本事，不出三五句话，就能将你哄得缴械投降，保不准还要反过来心疼他、安慰他，我可不想你就这么便宜了他。”

我嘴上说：“我何时‘耳根子软’了？你从小到大跟我求饶过多少次，我哪次不是该怎么打你就怎么打你，什么时候手软过？”

小九不欲理我：“你也就是在我面前嚣张得跟条八爪鱼似的，你也不想想，素日你见了他，是什么模样。”

我每回便以一个白眼结束我俩的对话，小九自然不跟我计较。

转眼便是两日之期，几场秋雨过后，寒冬将至。

听闻北魏最北的城池，已经落了今年的初雪，大约出了建康城一路向北行，天气只会越发冷，所以临行前夜，郡主姐姐亲自缝了一条暖和的大氅赠

我，还叫我务必日日穿着，不许冻坏身子。

我说："建康城中还是秋日，你就叫我穿这么厚的大氅出行，旁人不知道的，还以为我是个病秧子，畏寒怕冷，风吹就倒呢。"

我分明故意说了玩笑话，郡主姐姐面上的忧色却不减，此时就格外认真地说："团儿务必要毫发无损地回来，咱们发过誓的，不求同年同月同日生，但求……呸呸呸，不能说这样不吉利的话。我会在宫中日夜祷告，祈求神明保佑团儿和我父亲平安归来。"

她近来瘦得厉害，手腕已经瘦成了伶仃一截，我握着她的手腕，甚至觉得有些硌手。

可越是瞧她这样小心翼翼，我心里就越难受，我说："姐姐信我，我一定设法找到你父亲，早日写信跟你报平安，你放心，天上的神明听到你的祷告，一定会设法保你父亲安然无恙，只要我们的援军一到，定会化险为夷。"

她双目空茫地点点头，喃喃说："但愿如此。"

我实在放心不下，特意去了一趟碧霄宫，将郡主姐姐托付给云让哥哥照顾。

除此以外，大约宫中便再没有令我牵挂的人了，我本想在这最后一夜早些歇息，为明日出征打好精神，谁知天不遂人愿，星甸公主竟然有兴致，在这夜到朝熙宫与我叙话送别。

我早知她是"无事不登三宝殿"，来者不善。连小九都劝我："明日出征之期，你离了宫，眼不见心不烦，谅她也翻不出天去，何必在此时给自己找不痛快？"

但我说："敌人攻上门来，我却躲起来唱'空城计'，她还以为我怕了她，岂不是丢咱们师门的脸面？"

所以，见，是一定要见的。

我叫万珠备了茶点待客，星甸公主此来亦是直来直去，坐在前厅不过片刻钟，连寒暄都免了，径直开门见山道："那日我请你赴玉芙宫，便想告诉你，

你我之间，原本就无须争。如今你晓得审时度势，自请离宫，是明智之举，我实打实地敬佩你，所以此来当真是为你饯行。”

要说星甸公主的耿直性格，有时候也挺讨人喜欢，但此时此刻，我没有旁的话好说，只能强扯笑意，谢过她的好意。

没想到经过玉芙宫一事，我再与她见面，竟没有剑拔弩张，而是意料之外地平静和煦。

只是送走星甸公主之后，我却没了睡意，在榻上辗转反侧多时，还是起身披衣，到院中静坐了片刻。

月光透过银杏树的影儿落在院中，树影摇晃，晃得月光好似成了水波。

我脑海之中似乎还回荡着那日星甸公主的话，她说：“杯盏在你手中，酒壶却在我手中，空有杯盏没有酒，如何待客？”

这便是我藏在心中最深处的隐忧，甚至在此之前，我都不曾察觉，我竟然存了这样的隐忧。

如星甸公主所说，吐谷浑盛产马匹和兵器，她可倚仗她母族之势，做霁王绝佳的助力，而我呢，除了一个前朝公主、太子妃的名头，还能许给他什么？

思及此，便又想起那日霁王的话，他说：“太子妃除了是本朝之君，亦是前朝公主，初时为了显示新朝宽仁，才对她多有照拂，如今更是恪守君臣之礼，不敢不将君上之事放在心上，除此之外，我对她，再无其他。”

我才知，我的命门便是对霁王的取舍之道太过了然。

了然到，非但自己骗不了自己，连当面向他求证的勇气都没有。

这夜我一时冲动，借着轻功掠过霁王的朝晖殿，在殿顶吹了一夜冷风。

他书房那处，早早熄了灯，整座朝晖宫一片黯然，连梧桐那处的烛灯都是暗的。

后来小九问我为何不去见他，我说：“霁王之志，你我心知，吐谷浑既有铁器，又有良驹，若霁王要选盟友，自然也是选星甸公主。至于我，何必自讨没趣？”

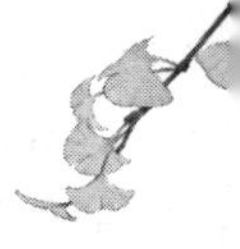

彼时月华似练，清辉遍地，月光洒在屋檐上，像是在青瓦上铺了皎皎白霜。

朝晖宫中的银杏落了浅浅一层，我抬手拔了头上的银杏叶簪子，又在簪子上绑了先前赢回的那枚麒麟玉佩。

我将这两样物事留在掌心摩挲良久，临天明时，终于下定决心，霍然起身，以簪子做飞镖，隔空划出一道弧线，将两样物事稳稳插在霁王寝宫的门梁上。

簪子入木三分，玉佩扣着门梁，发出一声脆响。

我以为，做了这样幼稚的道别，便能真将往事尽数放下。

等到朝晖宫人听到声响外出查看时，我怕被人发觉，终是疾行而去。

四 

小九和万珠已经在我朝熙宫中整肃齐备，出征之期将至，我亦换上银甲。

战场凶险，我怕万珠有所损伤，执意将她留在宫中，只带了小九一人随行。

十万军士已在城门处整装待发，我离宫之前，需和翊王一道，向皇上谢恩辞行。

如此盛大的场合，皇上携后妃、百官亲自相送，我与众人一一见礼，却并未在人群之中见到那个人。

小九寻了个空隙在我耳边小声说："今日一早，星甸公主找了个'向吐谷浑借兵'的由头，将霁王拐出宫去了，你恐怕见不着他。"

我便深吸一口气，与翊王一道朝皇上行君臣大礼，蓄足力气，掷地有声地说："儿臣定不负父皇所托。"

皇上亲自将我和翊王扶起，老怀欣慰道："好孩子，去吧。"

我与翊王带着亲卫随从一行人浩浩荡荡地出发，一路转过楼台宫宇、假山花石，直到快要迈出宫门时，都迟迟等不来那人相送。

小九消息灵通，只说："吐谷浑国君欲助大宋一臂之力，只是开的条件有些'狮子大开口'，皇上为此事雷霆震怒，霁王从中调和，免不了要随星甸公主亲赴吐谷浑一趟，以示大宋诚意。不过这一去，他是否能全身而退，尚且是未知之数，我听闻吐谷浑国君生性多疑，惯是'不见兔子不撒鹰'，若霁王不许给他实打实的好处，只怕很难将这块硬骨头啃下来。"

我听他这样说，满脑子却是霁王与星甸公主并辔而行的场景。

霁王与她一道回吐谷浑，会发生什么，我不敢细想。

星甸公主一贯是个目的明确、手段凌厉之人，倘若真与霁王性情相投，也是再寻常不过的事。

我便摇摇脑袋，嘱咐小九说："往后你再打探到霁王的消息，便不用与我说了，战场上祸乱军心是大事，你莫要扰我清净。"

宫门前，翊王早早为我备了马车，我果决地说："兵贵神速，乘马车恐怕会拖慢行程，此行便让马车空着，告诉车夫，能跟得上便跟，跟不上便稍晚些时候到虎牢关亦可。我和小九都可以骑马，你便叫人牵两匹马来吧。"

宫中演武场上豢养了不少良马，我牵过一匹瞧着顺眼的，跨上马背，带着东宫左、右亲卫一道乘骑而行。

建康城中百姓夹道相送，殷殷望着儿郎们远行的背影，大约是盼他们今日出征，来日亦能平安归来。

我纵马行在最前，身后忽有纷乱的马蹄声一路追来，我回身，来的人是颜洲。

他骑着一匹枣红马，却牵了一匹白马，追上我道："殿下说，太子妃娘娘既然要驰骋疆场，怎能没有称手的良驹，命属下将踏雪赠你。"

我瞧着踏雪格外清澈的眼眸，平静地说："代我谢过他的好意。"

颜洲又道："殿下昨夜已派人向军中送了八百里加急文书，他在北府兵中培植的人手，尽可归太子妃娘娘调遣，且定会护娘娘周全。"

我原本今早才打定主意与霁王划清界限，他竟然又做了这许多的事，此刻听颜洲这样说，不心软是假的。

我将视线落在踏雪身上，先前不曾察觉，踏雪此时的鬃毛上带了些微血色，我忧心道："踏雪何时受了伤？"

颜洲欲言又止，挣扎了一会儿才说："并非踏雪有伤，而是……殿下昨夜所写的亲笔文书，实则是他割破了手指写就的血书，后来殿下夜半去演武场寻着踏雪，以手轻抚马背，低声与它说了好一会儿话，这才将血迹留在了踏雪背上。属下虽然未能听清他说了什么，但踏雪随他南来北往多年，又有灵性，想必是听懂了。”

大约是他，嘱咐马儿好生护着我吧。

颜洲说到此处，又咬咬牙继续道：“还有一句，是殿下未曾明言，但应是最想对娘娘说的。”他顿了顿，格外真挚地说：“战场上刀剑无眼，望娘娘千万珍重。”

我翻身下马，接过踏雪的马缰，亦伸手摸了摸踏雪的鬃毛。

踏雪摇头摆尾，踏着四蹄，轻轻地嘶鸣。

我跟颜洲说：“你家殿下的好意，我领了，踏雪随我出征，我也会好好守着它，不叫它伤一根毫毛。”

颜洲因而道：“娘娘若还有别的话要对殿下说，属下一定带到。”

我说：“没有别的话了，此行凶险，若我能活着回来，再与他说也不迟。”

这话落下，我又跨上踏雪的背，踏雪精神抖擞地一扬蹄，带着我重新出发。

前方辰光熹微，云霞漫天，正是一派朝气蓬勃之景。

旭日初升，云簇霞鲜，好像一切都在最好的时候。

那时我还不知，前方战事吃紧，虎牢关将破，魏军裹挟着燎原之势强悍袭来。

北魏皇帝拓跋嗣御驾亲征，指挥魏军夜袭我方营帐，烧尽粮草，屠戮兵士。

主帅平阳王被困豹澥岭，七日弹尽粮绝；副帅薛君眉奋勇抵抗，死守边城，力竭而亡。

隆冬将至，边城落了大雪。

火光、兵刃、箭矢，和着殷红血色，仿若人间修罗场。

真正的战场，向来不是兵书古籍上的寥寥数字可以描摹。

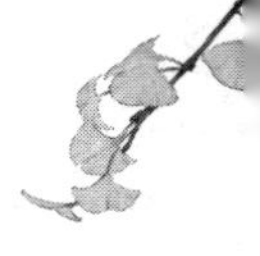

若可以选择，我自然愿家国百岁太平，永世不起兵戈。

但若没有选择，我亦会不退不避，勇敢前行。

毕竟是，以我血肉之躯守护万千黎民百姓，方不枉来这世间走这一趟。

篇外篇

雪貂

霁王云诏幼时，勤学刻苦，每日寅时起，亥时休，即使偶有病痛，亦从无间断。

自古皇子课业，“礼、乐、射、御、书、数”六艺缺一不可。

除此之外，经史策论、君臣之道、诡阵兵法，凡此种种，不一而足。

皇上对诸子极为严苛，云诏既是长子，生来便有义务做弟妹之楷模。

寻常若幼子犯错，不过领顿掌心板便罢，但长子犯错，轻则伤筋动骨，重则数日将养在榻上，不能起行。

便是如此境况之下，云诏有回出外射猎，于悬崖峭壁之下，救回一只未足月的小雪貂。

小雪貂生得玉雪可爱，因未足月，眼睛暂且是盲的，耳朵也听不见声响，躺在云诏手中时，尤其显得乖巧安静。云诏舍不得眼睁睁看着小雪貂饿死在山中，便将其藏在袖中带回寝宫，悄悄豢养于内室。

雪貂尚小，云诏便日夜拿绢帕沾了羊奶叫它舔食，悉心照顾，方能至雪貂满月，褪下柔软胎毛，长出一身厚厚的雪白皮毛。

如此数月朝夕相处，待雪貂成年后，周身有异香，无意间被皇上发现，斥责云诏玩物丧志，令人当着他的面，将雪貂活生生打死。

可怜小雪貂至死，仍睁着眼睛奋力向云诏摇尾乞求。

经此一事，云诏小小年纪便已知道，身在皇家，便不能将喜恶之事轻易表露。

皇上在他年幼时，身体力行地告诉他这样的道理，他说：“诏儿勿怪父皇心狠，历来为君之道，在于一个‘敛’字，若你的喜好被臣下查知，臣下便会投你所好，混淆视听，贻误国事。昔齐桓好衣紫，阖境不鬻异采，楚庄爱细腰，一国皆有饥色。‘上有所好，下必甚焉’，朕如此说，你可能明白朕的苦心？”

那时云诏只有八岁啊，怎能明白这么深奥的道理？他只是打那时起，就谨记了这样一件教训：喜欢之物一定要好生藏着，因为一旦被人发现，便会被夺走。

那日他握紧拳头，指甲青紫，深陷肉中。

但他面上却笑着，非但笑着领旨，还亲手剥了雪貂皮，给皇上做了一件雪貂大氅，甚至在皇上穿上那天，还夸皇上好看。

所以后来，星甸公主来朝，在玉芙宫中摆下“鸿门宴”，明目张胆地试探霁王，问他：“殿下待太子妃娘娘的情分与旁人不同，不知传言是否属实？”

他面上纹丝不动，实则心中忽然震动，因而答：“太子妃是君，我是臣，臣下不敢不将君上之事放在心上，除此之外，我对她，再无其他。”

若他知晓，当日那人便在屏风之后，因他这样一句回答心灰意冷，甚至拔了簪子，送还玉佩，与他长诀，他定然不会轻易说出这种怯懦逃避之言。

但世事如箭，开弓无悔。

箭矢没有回头路可走，人生亦是。

（本季完）

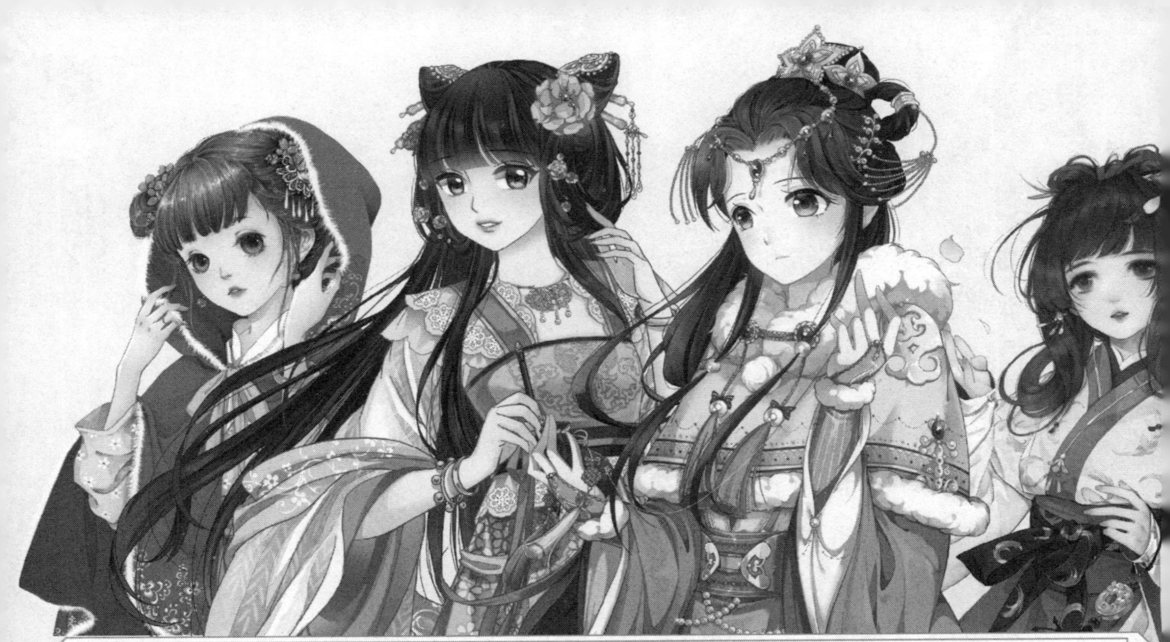

/读古代公主的励志故事，汲取成长正能量/

小 MM“公主天下”系列持续升温

编辑部新策划，众多人气作家精心创作，女孩们最爱的浪漫古风系列

在历史的漫漫长河中，几百位公主曾闪耀登场过，她们或单纯，或傲娇；她们或集万千宠爱于一身，或被不公对待；她们的故事或被后人铭记，或淹没在时间的洪流中。

曾经的她们都有着至高的权力，都拥有不平凡的一生。所谓欲戴王冠，必承其重；欲握玫瑰，必承其痛。公主们从一出生，就肩负着皇族的责任和使命，就要面对比常人更凶险的命运。但即便前路未知，这些公主们依然竭尽所能，认认真真地绽放出生命的精彩。

小 MM“公主天下”系列，写尽古代那些可歌可泣、可圈可点的公主们的故事，愿读到这些故事的女孩们，可以从中汲取到自信、勇敢、坚强的力量，成为令自己骄傲的优雅公主。

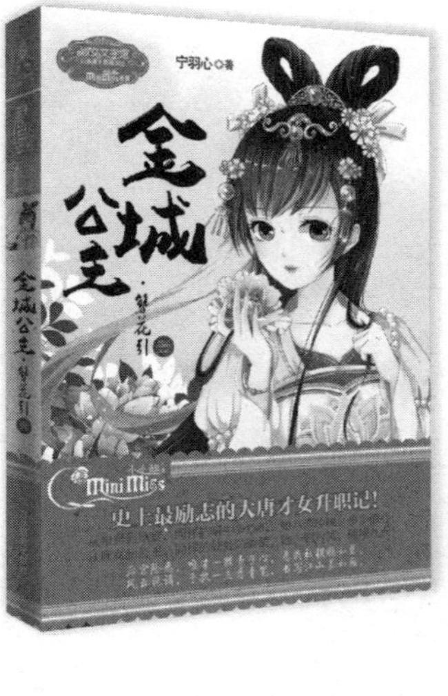

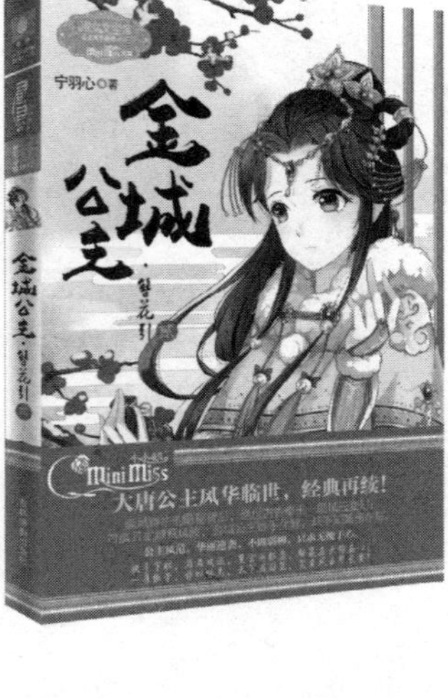

“才情公主”李可莹：温婉聪慧，从相府庶女到金城公主，破诡计，攘外敌，护朝堂安定，演绎极富励志色彩的大唐才女“升职记”。

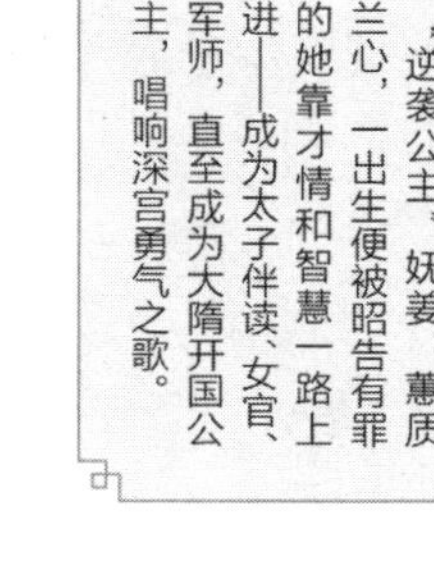

『逆袭公主』妩姜：蕙质兰心，一出生便被昭告有罪的她靠才情和智慧一路上进——成为太子伴读、女官、军师，直至成为大隋开国公主，唱响深宫勇气之歌。

『巾帼公主』李秀宁：不爱红妆爱武装，胸怀天下，胆略过人，统领千军万马助父建帝业，成就一代女杰。

『杂草公主』花团：山野长大的前朝公主，入宫后依然葆有质朴的真性情，如狗尾巴草一般倔强生长，在暗流涌动的深宫里留下一段荡气回肠的传说。

『义勇公主』朱婉：街头乞儿变身冒牌公主，历经磨难，勇敢蜕变，国破之下柔肩担道义，在战火纷飞的乱世中力挽狂澜，谱写燕国公主传奇。